JN155271

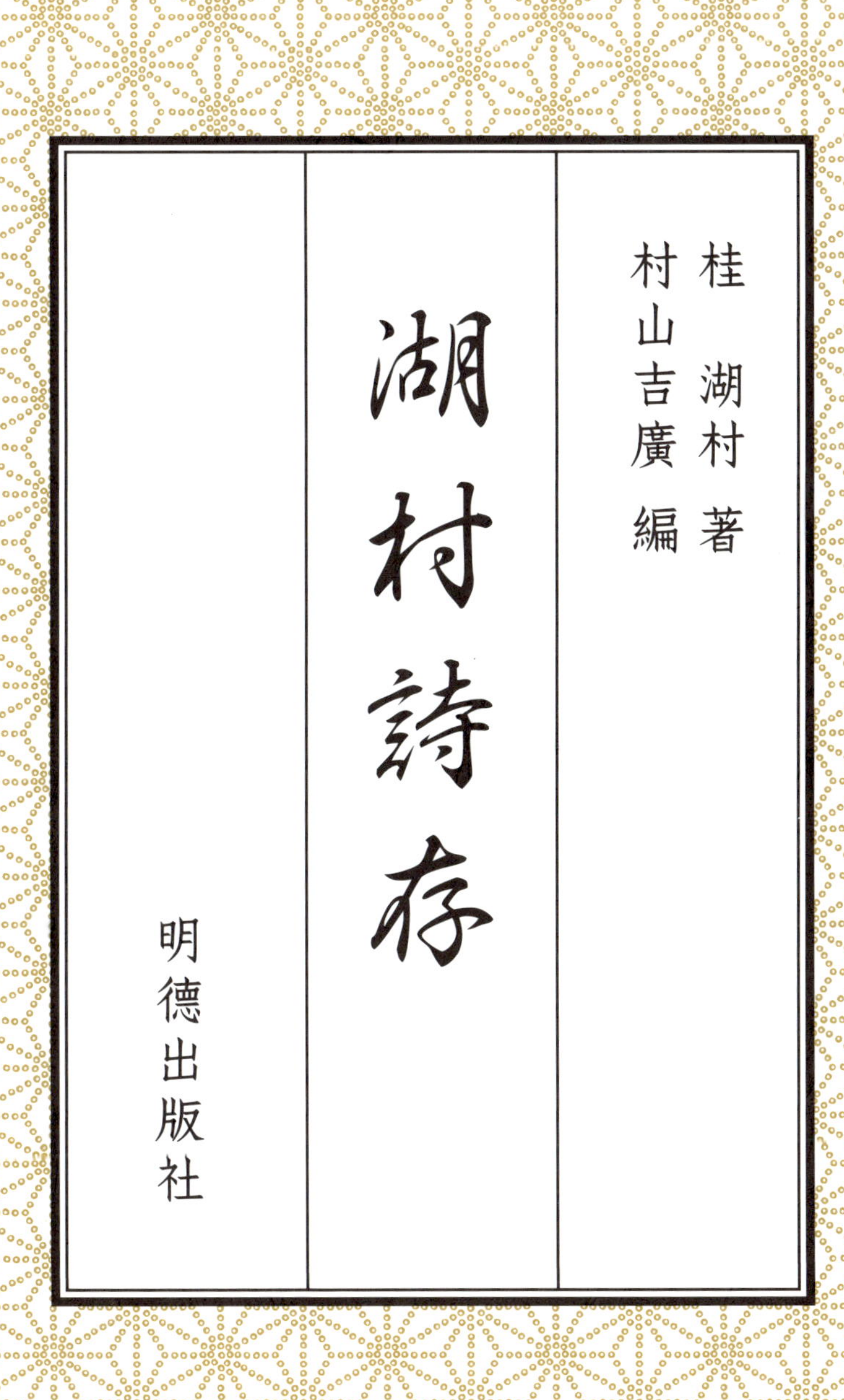

湖村詩存

桂湖村　著

村山吉廣　編

明德出版社

杜湖村

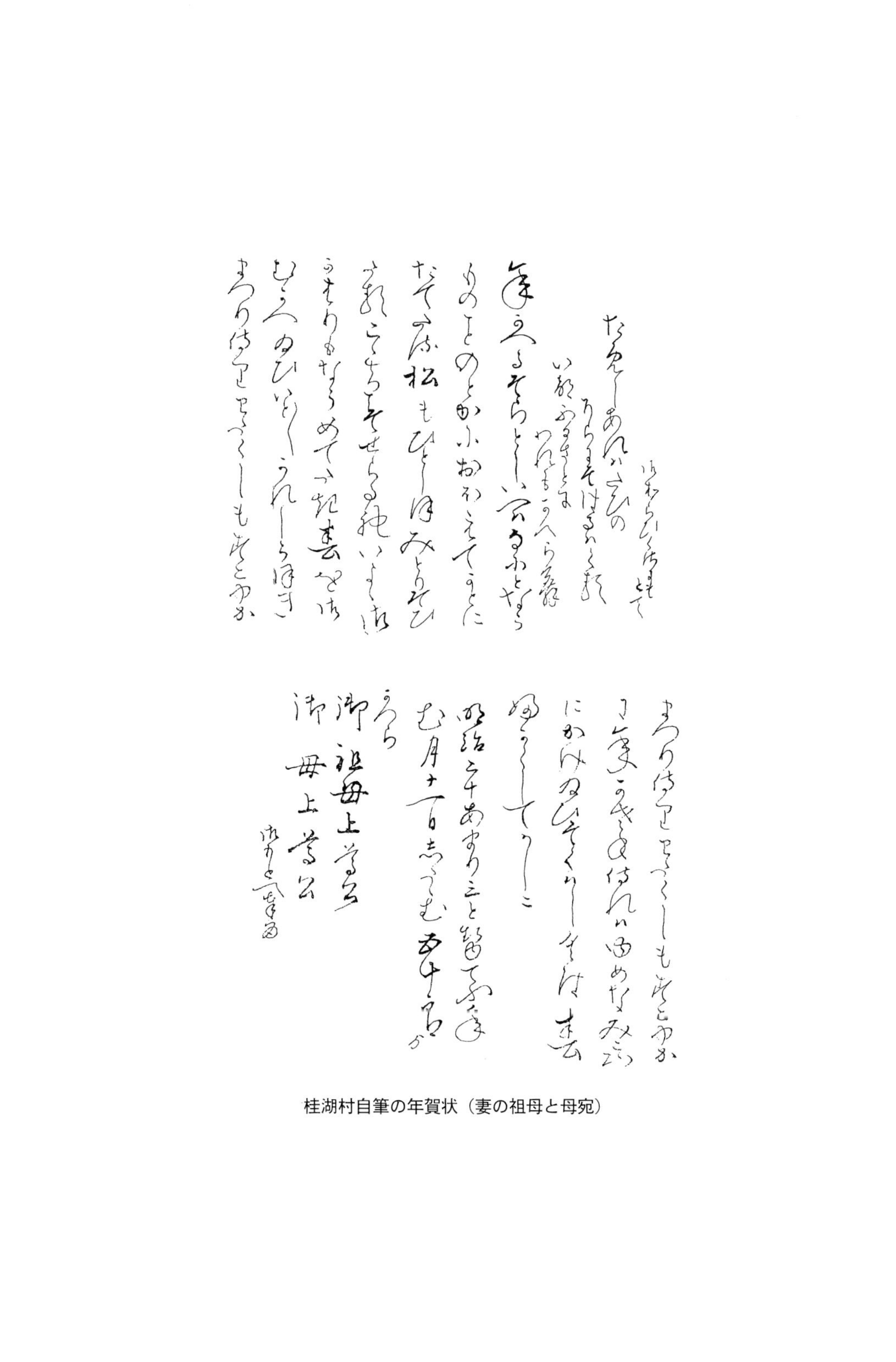

桂湖村自筆の年賀状（妻の祖母と母宛）

湖村詩存＊目　次

解題

湖村詩存

桂湖村伝――桂湖村の生涯と学績――

解題

早稲田大学名誉教授　村山吉廣

原本は相馬屋製十二行二十五文字の原稿用紙にペン字で書かれたもの。筆写されたのは昭和八年七月。巻頭に「借先生稿、抄以請校。先生左手朱訂」（先生の稿を借り、抄して以て校を請ふ。先生左手もて朱訂せらる）とある。その左に「癸酉孟夏　弟子宣識」と記され、昭和八年七月に行われたものであることが知られる。残念ながら弟子の「宣」なる人の特定はできていない。湖村は昭和五年四月、病気のため早稲田大学文学部教授を休職となり、十三年四月に七十一歳で亡くなっている。従ってこの年は没する数年前である。「中風」のため右手が不自由だったので左手で朱筆を執り字の誤りを正したのである。原本の文字は楷書であるが、詩によっては草書体を多く混えるものもある。

巻頭の目次右下に「松雲堂」の小ぶりな角印が捺してあるから、この稿本は一時期、神田の古書肆松雲堂の野田氏の有に帰していたのであろう。今回、この本は現在の所蔵者である都内の鈴木望氏から快く複写の御厚意を頂いたものであり、それをもとに活字に起して世に出すことができた。鈴木氏の御協力に心から感謝する次第である。収められた詩の題数は百六。連作も少なくないので詩の実数は二百有余となる。楽府題も含まれ古詩が目立ち、他に「辞」一篇と「賦」六篇が存在する。

全体の制作年代や排列の次第は明らかでないが、一定期間、一定数の手控えまたは詩稿をもとに将来に備えて冊子化したものであろう。ただ詩の題下注に「尼港事件半年後」のものとした一篇があり、それが大正七年の作であることがわかり、詩題に「己未」「甲申」と干支を冠するものがあり、それらは大正八・九年のものである。また、現在の都内吉祥寺の井の頭池で起った小学生の溺死を救った訓導を詠んだものがあり、これもこのころの作と考えることができる。また、「哀息嫣」「矇聾謡」の二篇は頭注により新聞「日本」の評林欄に発表されたものと推定される。湖村が新聞「日本」の「評林欄」にかかわったことについては、陸羯南の「明治二十八年七月三十日付、正岡子規宛書簡」(『全集』巻十所収)に「青厓翁ハ役人ニ還俗、その跡ニ湖村生ヲ充テ置候。此頃、評林ハ生ノ作ナリ」とある。

贈答詩では国分青厓が6次、沢野江舟が5次、国府犀東・福田静処・田辺碧堂・喜田橘園が各1次ある。

以上、全体の詩を翻字し整然と排列することによって取扱い易いものとすることとした。題下注、頭注のあるものは〔 〕で括り字形をやや小さくし、句読を切って示しておいた。このようにして原詩を正確に提供することにより、資料性、利便性を高め、今後の研究者に役立つものとなることを目標とした。これにより本書は小さいものであるが、桂湖村の公刊された唯一の詩集となる。なお、湖村のまとまった伝記も未だ書かれていないので、本詩集の後に私の「桂湖村伝」を附載した。

庚申孟秋　於都下面壁山房

湖村詩存

懐郷賦

昔陸士衡典職中兵不忘桑梓有思帰賦又軍敗君邦家樞務

勉名生寒素生人習讀不之華兮士衡雖家僅以載遊眷戀[illegible]

静止柳家人情自南也已我自往京遊兮三十二年若雲度往[illegible]

屋随巻至劫掠国遷於家恐得不接鉄兮深年遠懐[illegible]為[illegible]

其辭曰

處委巷之出僻静無事兮黄猫登天道之攸載夏運遊兮物休步

炎寒之迴端候岸翳之果於仰衡門兮飲餞鳶鬱叢之書[illegible]白晩

嘆兮滿蒼霧廣宣問事於樵舊新柯夜土玄鳥翩翔帰遊覓物性

兮汝思訪不懸貞攸雨踏孤生之桴兮昔何去於團[illegible]托纖蓬兮

羈疆東上為以遅渇豈有感兮我異之陸録若兮懐愁云云兮兮文

幽遊何處兮去留從夢處兮夢我回歲年之來周流白雲兮[illegible]氣

5-45

No.

原本の１頁（懐郷賦）

湖村詩存

長夏居閒、興觀以詩。語無倫序、意盡而止。昔者嗣宗咏懷、太冲詠史、瀝遠思於肺肝、騁逸藻於羽翰。言之有物、非擬古也。有明數子、徒競膚廓、豈詩之謂。竊有慕於二公云、得十六篇。

一

畹蘭秀紫莖　曄曄發幽色　葩蕤冒脩葉　楚馨紛靡極　美人卷朱簾　蓮步下瑤墄
延竚欲何爲　流睇懷哀惻　采之匪鮮貽　惟惜損潛德

二

仲夏篠簜緜　空際翻涼影　籗籗青琅玕　當園積麗景　君自抱孤忱　昭質一何炳
索居歲月深　炎陽秉節冷　可歎三珠樹　瑤臺媚妝艶　一朝漢宮災　微寵亦難倖

三

周轍轉向東　王迹乃掃地　威烈何陵夷　泯棼寶鼎器　三晉擅彊梁　髦辟奪其位

天子不能討 寵秩售狐媚 司馬歸曠名 九伐職失誼 揖盜自開門 堦亂罔所忌
哀哉文王謨 頽然以傾墜

四

盍旦鳴中夜 啁哳一何喧 田和遷康辟 求身爲齊元 大江分百派 奔隤涸清源
姫曆細如縷 誰識一王尊 威公擧朝禮 天下跪戎軒 雖藉仁與義 覇業實其根
卓卓子輿氏 千秋尚恥言

五

商君佐孝公 藎公不還私 躬攖萬人怒 力排擧國辭 徙木而立信 弱民強官司
牛毛張禁網 峭法酷刑笞 驅民棄仁義 見死若含飴 禮讓擲不顧 譎詐習不疑
萬里闢阡陌 井田罔孑遺 爲秦成帝業 遂俾六國危 公殂遭車裂 秦亦亡望夷

六

蘇秦説合縱 張儀説連衡 簧鼓天下耳 懸辯奔濤鳴 諸侯魄僉褫 嚬笑替締盟
押闔迭擠奪 跿跔鬬甲兵 殺民如芟草 寃骸塡坎阬 六雄爭先滅 祖龍三世傾
漢高一約法 四海始寧康

七

虞舜窘瞍嚚　井廩一身危　周公阸管蔡　難祛成王疑　伯嚭爲吳宰　子胥授鴟夷
靳尚任楚相　靈均賦騷辭　聖賢百六會　古來數何奇　豚犬乘籧篨　蛟龍困洿池
載誦柏舟什　沈唫以永思

八

序運邁盛夏　伯鶬歇鳴音　炎日灼雲素　鑠彼澗中金　貪夫冀百歲　役役自勞心
一生愛惜費　不知白髮侵　終然從物化　北邙焉可尋

九

黍稷同種物　不若根荄因　僚朋彈冠交　不若骨肉親　伯夷遜叔齊　懿哉得其仁
陸贄薦趙憬　傷哉殃其身

十

擧世競刀錐　利害錯紛糾　壠斷在若儔　群動與命莠　有司急治刑　殘義多累紂
覗彼離罟人　滔滔不自咎

十一

丹穴有威鳳　羽翮若藻黼　淳德備五靈　儀容超萬舞　渴飲醴泉水　饑食懸圃玨
翺飛凌紫霄　衆禽不得侮　非有孔聖興　惡能游下土

十二

我有上古瑟　鳳桐羅星文　朱絃何疏越　八風從律分　一彈節雅頌　再彈協南薰
逸響裂金石　遺韵遏行雲　久既藏此瑟　郢曲誰爲聞　濫竽盈天地　孤情何足云

十三

素月離雲漢　楊彩含清滋　中宵引琴坐　欲彈一歎噫　昔有堯二女　哀弦寄相思
夫君不可覯　湘水至今悲

十四

永夏苦宵短　何不寤達晨　清風卷羅幔　庭阿若有人　攬衣步階下　巖蕙聊云紉
素娥出青沼　晢晢倚湘筠　雲綃薄可鑒　聯娟含微顰　相望不得語　渺渺河漢津
溯洄寔亡筏　戚戚何以陳　願鳴玉鸞駕　鵲橋翔龍輪

十五

磊磊嵓上松　粼粼磵底水　清冽如嚴氷　托根常在此　烈士處世間　名節貴礪砥

厲志抗先賢　立廉懋峻軌　安苦五尺軀　廻避庸夫毀　駿驥行大空　奚爲緤朱紫
夷吾匪攸希　功烈卑如彼　子陵獨英特　盤桓桐江沚

十六

南漢有潛龍　北沼有飛翠　潛龍援不興　飛翠恣饞餌　腐儒淆六經　揚波溷洙泗
自伐瑚璉材　常爲姦雄利　貂珥飾鄙身　勛祿竊勢位　叔孫一小人　孫弘多矯譌
自非高明倫　誰得踐仁義　唐堯讓天下　許由以爲累

〔宣帝謂太子曰、漢家自有制度。本以覇王道雜之。夫骨肉之親、言必無僞、則叔孫制禮之始、雜以覇術也、可證矣。〕

游南郛至暮

駕言出南郊　行行望田野　日精布炎德　風禾翼時夏　青烟澹遠墟　茅屋蔭榆櫃
時逢荷鉏翁　緩緩趁老馬　涉流濯我纓　久憇竹林下　悠然遂忘歸　空爲問津者

昔余年八九　〔〇三冬方勤勗　飛雪遍前垌〕

昔余年八九　循陔誦孝經　披雪劚諼草　作殖侑膳馨　考茹謂可樂　錫余以嘉名
字余曰子孝　道余教儀刑　考逝謇何怙　銜恤戀趨庭　令聞莫以顯　夙夜慙丁形
〔孫盛逸士傳云、丁蘭少喪考妣、不及供養。乃刻木爲親形、事之若生、朝夕定省。鄰人張叔妻、從蘭妻有所借。蘭妻跪拜木人、木人不悅、不以借之。叔醉疾來、誶罵木人、以杖敲其頭。蘭還即奮劍殺張叔。吏捕蘭、蘭辭木人去。木人見蘭爲之垂淚。郡縣嘉其至孝通於神明、遂上之圖其形於雲臺。丁形本之。〕

對月

明月出東海　纖翳絶青霄　良夜良難遘　何不醉以謠　今日非昨日　來宵非今宵
乾坤一轉轂　大椿欻于凋　俗士太跼蹐　塵途苦不聊　嵩位髮易白　多財道易消
昔有青蓮子　神識獨高超　土芥觀富貴　斗酒換金貂　擲盃與明月　狂唫擧手招
併月爲一體　婆娑舞逮朝　斯人不復見　對月歎空寥

夏日就樹下而薦

大庭宣徂暑　旅陽爰宏燮　勁楮暢柔柯　新緑脱陳葉　王瓜蔓延長　嫩鮮重複疊
凱風扇微涼　曳曳如搖箑　撩門謝塵鞅　倚蔭鋪素氈　揮麈辟蒼蠅　囇簡枕石篋
偃仰堪施散　獨靜足心愜　馳曜戀蔚林　返景久熨貼　誰謂夏日畏　羲皇可與接

樵隱篇

隱者常在山　樵者亦在山　在山雖相同　志尚何相關　樵者涉險嶺　伐木日太艱
裹糧勞斧斤　援藟疲躋攀　錯薪索中夜　負荷鬻市闤　較量銖與錙　生理恐召患
隱者處浚谷　嘉遯但欲閒　緩佩蘿帶碧　厚披薜衣斑　鍊藏躭曠寂　沆瀣望仙寰
龍性難馴致　翺翔不言還　莫乃孫公和　長嘯玄冥間

養痾齋中

養痾空齋裏　披葛散煩襟　來往寡儔侶　圖籍足幽尋　汎覽竟臨夕　古先契斷金
赤日忽西匿　初月漸離林　涼光流草際　清飈來遠岑　肅肅棲羽邁　窅窅窮園深
白露先秋下　夜蟬時自唫　爽氣振衰憊　警思起凝沈　諒非從所欲　聊鑒靜者心

雛雀行

賓雀巣簷隙　將雛一翻翻　雛雀日成長　似記主人恩　入我堂廡戲　飛我階除騫
逼我衣上囀　向我手中飧　我無治長辨　寧得解禽言　我無楊寶德　寧得榮子孫
但憐雛雀小　不知瑤光尊　殷勤告雛雀　去時汝勿諼　須至洛水宿　莫旁沙丘奔

後對月

飄風送白月　徘徊在東榮　光華恵然至　眤我故人情　坐軒擁虛景　入室擧虛觥
苟解酒中趣　安用勞杜康　楚有獨醒士　耿介廉且清　晉有獨醉士　曠達天下鳴
二賢去已久　遺篇空傳名　我自千歳後　欲趁高躅征　蹩蛂負岱崋　蚍蜉移嵩衡
何不自量力　恐爲小人輕　棄置休復説　唯當把觥擎　明日未易識　可惜月西傾

慵歌〔唐多学陶公者、白傅獨得其流。易曠達否泰、易地二公、或同乃和。〕

少小有慵癖　老大慵更多　有園慵耘草　有畦慵種瓜　故山有茅屋　欲歸慵命車
有時思鄰友　欲訪慵着韡　祁寒砭肌骨　欲衣慵帶加　荊婦訴粟盡　有貨亦慵賒

有書眼慵看　有詩口慵哦　日高尚慵起　月霽慵卷羅　一慵委萬事　積慵爲宿痾
古亦有慵者　嵆阮冠同科　嗣後何人在　白傅足切磋　慵外都難及　徒和詠慵歌

夏游玉川岸莽被徑石瀨駟流

秉性尚跋涉　羈累鮮遊衍　銜慨久及今　攬勝茲浸踐　税車步皐坡　靡蓋施廻盻
林薄蔚亘聯　風披露遥巘　搴芳姱叢穎　結纓竚編棧　夷隰逈無垠　長川淸且淺
雲日含流光　曜映互涵演　理棹泝中沚　偃舷弄沄泫　深藻起微寒　絺衣颯欲卷
澄氣交賞心　間曠興彌緬　玄化可與契　懷抱得所遣

哀息嬀

憫白國婦也。白爲獨滅、非其罪也、所以憫也。

冬夜思炎暘　夏日思氷雪　重裘常苦寒　單葛常苦熱　一婦事二夫　身生心既訣
哀哀又奚言　腸結舌亦結　昔爲息侯歡　今爲楚國烈

矇聾謡

無形弗能視　離婁乃稱矇　無聲弗能聽　師曠乃稱聾　殫物以鐫劖　造物力乃窮

〔予作此歌、經旬餘日、國中騷然、臺臣愕矣。而覽其所施、鐫劖惟務。噫揚子雲不云乎、六經之治、貴於未乱、兵家之勝、貴於未戰、二者皆徵。然而大事之本、不可不察也。所以有此歌。〕

八月七日江舟子至

（一）

索居絶世營　負疴對林藪　雖云蠲塵羈　頗歎喪嘉耦　忽聞跫音臻　宛如清風誘
家人詔有賓　書室遽掃帚　相邀眉先知　省禮開笑口　貧交見眞情　話中無氛垢
歷覽唐虞文　玄義徐與剖　日色從西來　照我門前柳　歸鳥欣有棲　顧飛喚其友
命燭儆昏冥　摘蔬勸麥酒　樂免渴與飢　此外復何有

二

晤言暫聯蓆　惆悵廼分手　送客掩荊扉　入室搔斑首　離合無縶維　榮枯有環紐

人命洵若浮　誰保百歳久　反顧我生初　逮今爲衰叟　患疾交來侵　出處每含垢
志尚賴未醨　常希愼所守　秉節抱固窮　安分一泰否　餘齡非可知　何暇問身後
是以謝汎交　潛居樂甕牖　時有素心人　軒駕來虛受　又多書中賢　昕夕尚足友
苟無出戸庭　乾坤有何咎

八月辛卯　晝寢北窓、夢見陶徵君。徵君諗曰、典午忽矣。義熙而後、不足爲外人道也。乗桴來于海東。斯邦皇系　瓜瓞萬禧。子不肯事、與我同遯何居。我具答之、且奉詠懷十六章乞敎。徵君大笑稱善。寤詩其辭。辭多譫詹、夢則然也。

橫目竪鼻　疇不爲人　五方殊域　誰匪敦倫　源府末造　西邦來賓　于諮互市
厥理綦眞　載唱寇攘　載煽黎民　載莠誥命　載慓戰艅　載縱刺客　載剸使臣
國賠所負　三百萬緡　關耗攸稅　薄我于貧　惟譎惟詐　紿彼蒼旻　竊功於府
歸咎厥身　晨顓斧鉞　昏褫城闉　手秉魁柄　好爲暴秦〔一解〕
秦之暴哉　險乎劉宋　雖有天潢　茅土攸壅　陷殼愚民　廼稱壹統　爲人寔官

以懋侈俸　泰崋太輕　翮翰孔重　鷃餌舐糠　靡不同種　劇秦美新　或擬雅頌

〔二解〕

河源于濁　流則不清　天日赫疑　雲則蔽明　王覇有分　在僞與情　桓文功烈

賢孟攸輕　厥始既亂　厥終奚貞　六親爭閲　大僞縦衡　廉退者滅　妄進者榮

乃名乃利　上下交征　烏乎堯舜　不與吾生　吁嗟亶父　不與吾耕　悠悠天地

誰輸善誠　有斐陶子　聿以修盟〔三解〕

阮步兵

余比弱冠、謁蒼海先生。先生論魏晉詩、必稱阮陶。今讀詠阮編、大異所聞。蓋有所寓、故爲此説。苟不其然、何誣之甚。先生昌明遠識、宜不如此、慨焉有作。

阮公膺鼎革　大義凛有光　酣飲六旬日　斥彼美婚望〔晉書曰、文帝初、欲爲武帝求婚於籍。籍酔六十日、不得言而止。〕與牋論出處　侃言一何昌　黜覇戒典午、頌魏上虞唐〔勧晉王牋云、今大魏之徳、光于唐虞、明公盛勛、起于桓文。然後臨滄州而謝支伯、登箕山而揖許由、豈不盛乎。至公至平、誰與爲隣。何必勤勤小讓也哉。其戒司馬受錫、欲令之功、遂自退。欲赤松游意旨、剴切明白、千歲之下、讀之尚覺壹如。〕詠懷八十首　憂危抱忠良〔其辞悼魏室傾夷、反復丁寧、至矣盡矣。〕　獨往南牆路　仰首感慨長　哀哉身短折　不得餓首陽〔公正元元年秋、獨往南牆下、北首陽山、作首陽山賦云。嘉粟屏而不存。故甘死而采薇。彼背殷而從昌兮。投危敗而弗遲。此進而不合、又何稱乎仁義。又云託言于夷齊、其思長、其旨遠。其秉大節、可以見焉。正元元午、爲司馬師行廢立之歲。然魏鼎未移、則公未可餓。明年師伐毌丘儉、卒於軍。魏室中興、未必無望、且蜀呉未滅、公安可遽死。〕　公逝未一歲　九錫加晉王〔司馬懿獲公牋、豈得無憚於公、而不發哉。〕

挾書之律、昔嘗聞之。挾筆之律、於今見之。

維家維國　敗之維何　哀伯攸教　由官之邪　維民維口　防之則那
召公攸戒　甚于防河　挾筆之律　岌岌峩峩　邪乎甚乎　民則謂苛

貴穀

恤民生也。商工隆而貨賸、農民減而粟寡、黎庶苦之、相率作辭

〔大正三年以來、減農之數、百之三強。〕

貴穀增錢　賤穀減錢　錢不可食　穀可以饘　六府之務　惟穀之先　田不登穀
民瘼痌痌　田而登穀　民瘼痊痊　養民三事　惟和勤𢘆　言懷趙過　誰復代田

古道〔四章章四句〕

哀時命也。萬邦攻伐、惟今爲甚、天下黎氓、僉苦塗炭、所以哀也。

道德爲天　仁義爲地　忠信維家　孝悌維器」
雖無城塞　鮮或降之　雖無兵甲　蔑或攻之」
谷谷祥風　瀼瀼甘澍　休徵頻仍　群物和煦」
鳳何不集　麟何不來　邈矣古道　哀今之時

常平

賑恤有法也。八月之賑失法焉。故畏而作。

常平之倉　常平之倉　持衡豐歉　糴糶有方　昔肇之疇　耿子壽昌　耿子奚適
窮氓之傷　豈不思耿子　世阻而且長　忉忉兮不寐　中夜起彷徨

天地生吾

述于人當委順也

天地生吾　何其勞懆　今與衰容　昔與美好　于旦于昏　運吾于道　栖栖皇皇
輪吾于老　半百歲年　亦孔早早　誰謂吾生　生匪吾寶　司命攸司　天地攸保

放歌

地有蒼溟兮何時燥　天有白榆兮何年槁　悠悠者思兮思罔窮　俛仰而歌兮歌何浩

猛虎行

餒不受嗟來食　凍不戀綈袍遺　綈袍雖有情　嗟來信可媿　丈夫無惰容　溝壑何

移志　伊尹耕有莘　三聘乃居位　子路結冠纓　千歳稱其義

出師鮮卑禳言

一

北望鮮卑　雲覆四極　天何黯慘　海水皆黒〔傷俄也。〕

二

北出女眞　天低四野　四野茫茫　風勁草白見胡馬〔風、獨也。草、俄也。胡、陟胡也。○白、又作靡。〕

三

蹇氓胡　蹇氓胡　欲去無行　欲歸無廬　匪鮮兄弟　蔑以樂胥　天隔且遠　故土亦墟　盍遄來救　天驕暴予〔憫陟胡也。〕

四

虓虓六師　如貔如虎　桓桓将軍　肅肅部伍　艨艟絶海　載奮轒櫓　鐵騎驍騰　羽檄旁午　蹋屍鶩前　踊躍震怒　霜鋒駭電　金丸飛雨　奪塹屠城　膺虤殫虜

絳旗燭天　戰血釁土　維皇攸勅　蔑或黷武　閔夫氓胡　禦此外侮　匪兵以威
惟澤之普　煢煢遐黎　亹亹綏撫　德音孔昭　皇事靡盬

五

北下興安嶺　朔風何颼瀏　七月已霜八月雪〔據黑龍江外記〕　雪芒若劍裂豹裘
河水盡逆立　凍澌咽不流　征人慘語穹廬下　厩馬氷塞鼻爲毬〔結用記中語。○思行軍之苦也。〕

琴歌二首

文園鳳兮、琴挑新寡。歌意淫阻、已于桑濮。幸在刪後、傳而至今。予懼人之蕩志、和韻以易其辭。

鳳兮鳳兮盍來歸　世無聖人欲奚之　天之高兮自有陲　横絶四海兮何所爲
堯舜禹湯不可麾　文王周公不可期　有儼天子今在茲　翩歸來兮入我帷〔六經在室、第七故云。〕

鳳兮鳳兮降我堂　我駕汝翼高翺翔　冠珥背璚在日旁　命戒眠祲肅保章
咸池廣樂雲門簧　薄游虞淵返扶桑

諺一則

諺者奚爲而作。憂時之危、而戒秋官也。八月粟貴、多作亂者。秋官將措之辟、君子畏其過嚴也。

深之爲塞　高之爲崩　塞必於澤　崩必於陵　蒲褐之卑　不克加下　黼黻之尊
不克加昇　澤之積氣　雲雷見蒸　一人易罰　萬衆難懲

蘿之覃矣

戒在位者也。

蘿之覃矣　松柏累旦　予累天乎　天累予乎　予豈累天　天豈累吾　天之喪殷
箕子無如　天之殃魯　夫子奈諸

松柏樛矣　蘿之纍旦　舍諸舍諸　君子弗舍　洪範文言　疇叙之者　殷周之衰
斯文在下　載道孔昭　永錫庶蝦　道之不行　要之于野
要之于野　松柏維榮　棰桷若阜　豈莫棟梁　凡民之言　允公允平　會民從政
何地之成　惟農惟工　維民之楨
維民之楨　載固載鞏　于糞于培　以漑以壅　于以茂矣　民尚不悳　民性若水
激則騰涌　浲滮滔天　襄陵隮隴　殷鑒靡遠　鄰邦可戚
　蘿之覃矣　四章、二章十句、二章十二句。

秋歌

秋風起兮秋雲飛　秋雲飛兮秋雁歸　秋雁歸兮秋草腓　秋草腓兮秋葉稀　秋葉
稀兮秋月輝　秋月輝兮秋曉遲　秋曉遲而秋人悲

答人問道

德人不説道　道存言行中　淺人好説道　言行不相同　愈説愈遠道　言行劣禽蟲
道豈在辯説　唯在積諸躬　子倘不見信　試自問其衷

九月十六日國子美來過

（一）

是日高軒過　承顏肅整襟　鼓琴看襍珮　結綬媿南金　不唱陽春曲　誰傾烈士心
江郎才已盡　把臂感空深

二

親朋誰最故　天地獨存君　昔在湖陰寺　倶唫日暮雲　舊歡常在夢　心事尚斯文
愛惜加餐飯　千秋崇令聞

秋興賦〔有序、記於後。當録於首。〕

伊天地之樞機兮　謇奚爲而旋廻

央太乙以御天兮　含元精而洞開
和六氣以懸象兮　托璿璣而綜八陔
惟寒暑之往來兮　歲月倏而將隤
積陽散而温風歇兮　春夏逝兮不回
會雙明於鶉尾兮　莅中辰以建斗
發陰氣於西陸兮　秉少昊而爲元后
命轉蓋於金官兮　執素節以逐走
應金商而行時序兮　律夷則以臨九有
天沈寥而灝淨兮　容憭悷以深黝
日駸駸而胥促兮　宵漸漸而將脩
凄氣含威而肅殺兮　大火失耀而西流
禎雲歛而奇峰頽兮　漁梁露而浲潦收
寔大儀之斡運兮　乾于廻而地游
蓂莢落以推策兮　五紀森而成秋

何噫氣之隧隧兮　起泰風於大麓
初微裊微而清泠兮　終憯悽而激蹙
陟飛樓而拂華砌兮　衡竣嶽而振空谷
飄楚中以奏九辯兮　斷易水以聆擊筑
迸哀韵於陵楸兮　痛絶絃于伯牙
鑒墜葉於庭槐兮　惶仲文于婆娑
銅雀之臺何在兮　楚橘凋而不華
睢陽之園誰迹兮　琪樹槁而無芽
何況芳艸之纖質兮　忽離披而皤皤
蛩欲棲而亡依兮　暗潛聲於中露
鴉將宿而何枝兮　驚背飛於薄暮
燕辭巢而遠去兮　差池迷於南路
鴈失羣而獨賓兮　嘹唳度於邊塞
天黯黯而無垠兮　景翳翳而將露

雲薈蔚乎隮舉兮　橫碧落而飛揚
層層若疊魚鱗兮　淹浮浮兮開張
曳曳若舒緇布兮　邈綿綿而飃颺
含露霜而未雨兮　若虬龍之將藏
映落日以凝霽兮　若鸞鳳之將翔
沈陽光於虞谷兮　騰水精於東沼
銀匣拓而湛潤明兮　玉鑑懸而團晶晄
望廣寒於軒宮兮　怜霓裳之窈窕
招常娥於漸臺兮　隠素衲之娟嫋
清輝苦而若濯兮　河漢波而淼淼
恨烏鵲之未塡兮　橋欲成而水激湍
愁博望之未傳兮　無可乘槎而凌瀾
牽牛之男徒竚瀨兮　歎濡軌於疏派干
弄杼之女空褰裳兮　勞騁睇於箕斗閒

庸詎天上而難媾會兮　固人間之少交懽
白露降而爰專征兮　征夫棄室以北伐
窮關山之萬里兮　劍飛霜於胡月
出毳幙之孤垂兮　馬没蹄於雪窟
奮巨礮於殷殷兮　氣既呑乎羌羯
凍朱旗於閃閃兮　心尚存乎魏闕
雖身死而不悔兮　睨幽天以豎髪
慨功名之未央兮　横沙場兮曝骨
鬼雄長鎮乎朔陲兮　毅魄遂漂於未歇
豈在善師之佳兵兮　惟天驕之可罰
廼惶柔於遐方兮　思和親之不可忽
非不瞀乎民塗兮　洵慮外患之難竭
存恩恤於遺孤兮　寵勛祿於亡卒
傳國威外播于八紘兮　而嫠婦內籲于空帷

織回文而無所寄兮　傷夫君之遂不歸
事殊於衛莊之難兮　情同于哀姜之悲
撫流黄之絳縹兮　淚龍鍾而棼絲
歎連珠之易絶兮　心憒眊而繹思
探音塵於舊夢兮　念偕老之終時
追蘭馨於已摧兮　貞結髮之正纚
擬舜華於薄命兮　結身生之長噫
願訴玉徽而何理兮　激皓齒之哀辭
愍紫鴦於煢獨兮　指黄泉以爲期
吁嗟皇國之肫仁兮　曷俾斯民爾壅隔
亦惟由西人之征利兮　侵彊而暴弱
誣黄殃之慘礉兮　嘗敗我事於窮戹
誠懸軍之不可已兮　廼大義之所格
扶幺尫以懲残兮　誓九天于爲白

昔唐堯之文思兮　尚攻桑支以執戟
周公之勞吐哺兮　賦東山以于役
固已匪衛蒯之嗜殺兮　惡齊乎宋襄之愆策
將以洗天下之甲兵兮　永行秋令於版籍
列八節以調風化兮　運四選以施渥澤
脉土膏而阜財兮　登田穀而碩獲
歙郃雅于土鼓兮　樂黎黔於舞拍

〔序　潘岳侍晉王、王已覽岳賦、顧謂岳曰、國風楚賦惻怛深、至歌亂未暉、端然正襟卿賦。不過徒歎二毛、自叙衷曲哀麗悽婉。雖信美矣、無所愧。諷豈古之流、來試爲寡人復賦焉乎。岳曰、唯唯。〕

臥病示人

廢賦高臺久不登　文心総冷玉壺氷　梁園賓客如相問　爲道長卿臥茂陵

春日病居不出

閉門正字久清齊　日看春風長碧荑　不信不言還有伴　門前桃李下無蹊

深巷終年不住車　君來奚自識我廬　何妨十日玄談座　辟穀三春已子輩

〔醫命辟穀、日用乳酪少許。〕

己未八月、桂子赴信州、次中房里、登燕嶽。回瞻聯嶂、若有靈異焉。在昔先王受符、必秩名山。斯嶽當齊列位、傷嶽之幽潛、不遇先王也。作祭嶽神辭、自歌以薦。

嶽之竣兮峷嶫　切漢潢兮中天　嶽之廣兮亘繚　紐坤絡兮蔑邊

嶽之神兮皇皇　肅若兮在焉　嶽揚靈兮繽紛　冥晛兮穹玄

震歡聲兮雷霆　澤愉色兮霈零　炎暵兮弭虐　膏溢兮八埏

樂庶類兮畢遂　收歲功兮咸全　神其格兮周章　雲降嶽兮縈延

神其歸兮容與　嶽搴雲兮連蜷　嶽之神兮惟靈　節于調兮化宣

祥景景兮休徴　福穰穰兮吉蠲　迎嶽神兮送嶽神　安歌浩唱兮爰告虔

中房里在有曙山西。白雲滃渤、莫窺涯涘。雖至亭午、不見日影。

作雲中君歌。

雲中君　雲中翁　君奚爲　與雲從　晨看在雲中　昏看在雲中〔一解〕

不服龍袍　不羹鳳髓　織草衣　編草屣　煮草飧　草爲美〔二解〕

禺于嶽之巓　于于澗之濆　禺者誰　于者疇　惟雲中君〔三解〕

君奚爲　自禺于　人皆賢　我獨愚　來往白雲　老逮白須〔四解〕

里有瀧、同名里、源嵩嶺、行邃壑。桂子、日至游、忘時暑。

磵有瀧兮　其水澮沱　岸有松柏　蒙籠女蘿

女蘿之纚　可擘裁衣　松柏之蔭　可息忘歸

磵有瀧兮　澮沱其水　白石涓涓　黄石湇湇

黄石之上　可以授籙　白石之下　可以濯足

揭瀧梁石而溯、山愈深秀、林倍茸密、有遺世獨往之趣。

山有栗　厓有朮　巖有室　道有術　涓子孝威　盍遄翔來

將下燕嶽慨然此作

早歲躭僊慕丹臺　欲驂鸞鶴駕雲雷　玉冠錦袍不入夢　自謂金匱手可開
胸羅道經五千卷　十洲三島看若埃　徐變弗臣憐詭譎　沙丘五柞笑庸才
徑窮玄兔討赤縣　橫絕滄溟度崔嵬　黑頭斑白五十歲　僊未嘗逢身力隤
今日又躡燕嶽頂　樹何煌熒巖何瑰　廣成羨門吁安在　徬徨嶽雲悵歸來

有明山行

我西徂問大嶽　有明山　我北徂問大嶽　有明山　三日陸行不離　有明山
半月山棲難貌　有明山　一日山上有雲　有明山　二日山下有雲　有明山
十日有雲無山　有明山　視聽一何不群　有明山　勘緯牒而莫辨　有明山

驗感應而有顯　有明山　何歲神叛斯山　有明山　何神今鎮斯巘　有明山
連峰嶋嶋崢嶸　有明山　靈泉瀑濩環瀠　有明山　巖石突兀森竦　有明山
松蘿樛葛藁縈　有明山　陰晴調平昏旦　有明山　巢穴均和濕暵　有明山
願言永追晩研　有明山　俛仰低徊興歎　有明山

嘲白雲

白雲昨日向山還　今日白雲飛出山　白雲日日忙何甚　不似閒人日日閒

上燕嶽頂、雲瀰六合、不辨咫尺。

衝霧獨躋燕嶽巓　澒濛鴻洞一坤乾　平生索隱先天易　今證陰陽未剖前

贊碧山

雲來不動碧山在　雲去不移有碧山　碧山終古閒尤嬾　我較碧山猶未閒

山中吟

獨上秋山上　獨下秋山下　秋蘭滿秋山　欲采無贈者
初平昔叱石　起作千羊群　千羊去無跡　留石長起雲〔山中有石、其形類羊〕
老樵出雲到　顧我笑相従　忽復入雲去　雲深難可蹤
入山深更深　欲返迷來處　偶逢樵者問　不解人閒語
狙公導我行　令我巖牀坐　自度碧潭流　石林攀採果
斯山何世闢　年深不可知　今來歸太古　人獸合棲時
一從入此山　不復識人閒　試下此山去　人閒識却難

送國犀東

我交犀東二十餘年。嘗幾何時來寓我齋。今奉命使歐美、我寧得無贈言。慨然此詠。

凜凜歳云暮　之子獨于征　玄鴈翔霜野　朔風颯悲鳴　置酒江館裏　餞子戒前程
脩途三千里　臨別多慨慷　憶昨五年戰　流血澎西瀛　海嶽慘改色　日月欲倒行

矦王爭翦滅　閪土痛饑氓　天柱誰支撐　四維苦欹傾　否蹇運攸曁　泰康將肇亨
列域脩玉帛　便締縞紵盟　通幣必饒黨　善鄰鮮佳兵　禁藏胸脅内　或畏濫夷衡
皇邦蒼龍位　皇華使上卿　尊俎二百日　星軺翻歸旌　何如齊魯境　錣鈞誤重輕
遂俾技係輩　振貸猜五正　洶洶滔天勢　呰譮漸孽成　蔑法因民困　治道易力羸
幾日得國準　黎民飫稻秔　實稟民知禮　順民庶政貞　民心固荏染　緡絲在盤庚
博地難有衆　備患禍不萌　行行子觀國　攸希爰格明　莫厭言覼覶　憂世素同誠
矨子結驩久　齊住在鳳京　常恨累塵羈　局促徒屏營　不惜永今夕　臘月逼崢嶸
明旦參商隔　奚自慰幽悙　誦子留別詠　三疊當渭城　擧盃悵屬子　感時一含情

讀蒼海先生集記感兼柬靑厓翁

憶昔槐南種竹徒　咆哮詩林虎負嵎　我最年少僅弱冠　氣息奄如橛下駒
長嘯彈琴消永日　追逐時醉黃公壚　壚上酣眠午薄暮　倒戴接羅乘山驢
醉裏漫吟不成語　醒後袖稿又相諏　研覈精麤分娟媿　聯屐就問蒼海廬
蒼海先生天下傑　手握靈蛇役天吳　下筆萬言無時已　翻倒河源竭崑墟

當其行險走神鬼　風雲蝀霓隨噏噓　李杜汗流韓白哭　直從文昌奪靈符
誰圖中藏六義旨　欲使　吾皇上唐虞　吾皇中興眞聖主　契稷旅闕拜都俞
先生元勲膺佐命　燕翼貽謀輔宏圖　執經蒿宮侍講辰　奉勅賓夷卿鴻臚
我生時甫七八歲　每聞盛名勞騁盱　焉知十餘星霜後　附鳳攀龍入門趨
先生愛士洵如命　先生說詩溯泗洙　康成穉圭不足數　大毛小毛同趦趄
函丈槐竹二子外　青厓捧几亦與俱　先生濟才各從分　悉將金鉛入洪鑪
一自先生騎龍去　悲風慘澹碎白楡　種竹次爲道山鬼　槐南追踪捋龍鬚
乾坤寂寞風流盡　惟賸青厓與故吾　青厓頒皺髮盡皓　吾亦斑白已老軀
大正非復明治歲　當時　儲君御八隅　黼黻休明宜有賦　誰紹先生操玉觚
先生雖亡遺集在　句句明珠連璉瑚　扶輪大雅則三頌　命意醇邃見眞儒
淫哇可止教可翼　宗廟可薦絃可弧　游夏惡得贊一字　千秋信足爲楷模
青厓與吾雖今老　願奉規矩共追摹　莫趁時流奏巴調　偏當詩道剗榛蕪
嗚呼槐竹骨已白　縱有黃公奚爲娛　山川邈矣西河感　歐門空哀大小蘇

秋雨歎

東京大隱久不出　閉戸偸生空抱膝　紫鳳天呉顚倒衣　雖非少陵一蕭瑟
門外風急秋雨冥　旅鴈折翼侶相失　三旬不見日月光　搴帷仰天天黒漆
東京大隱何所憂　憂常在躬匪躬憂　去歳錢賤憂糶粟　今歳穀貴憂秋收
千憂萬憂來不已　如毛在蝟除罔由　薄言遣憂出門去　深泥没脛雨撲頭
東京大隱安在哉　長年衡門未嘗開　偶一出游逢猛雨　三蹶泥中困頓回
南鄰小兒何蹻捷　巧騎竹馬奔不蹟　顧我低眉憐斑白　羞我老矣搔髮哀

白銅錢行

我有八百白銅錢　行將買醉棹酒船　我不解飲奚用醉　行將使妓奏管絃
我不解音奚用妓　行將爲餌食烏鳶　烏鳶不食奚用餌　行將爲汞遺神僊
神僊不會奚用汞　銅錢八百無所捐　無所捐兮錢奚用　錢難用衣難用饘

饑民凍民滿天下　杼柚空空困倒縣　奚得銷天下錢盡　更鎔天下金甲堅
大鑄農器大力作　大闢蒿萊大墾田

九日採菊

丹鳳城北一野翁　九日採菊就籬東　非遲白衣來贈酒　惟愛清香謐迸空
唐家昔日詫瑞曆　麟宮龍殿紛照皪　階下海棠繞絳欄　砌前牡丹韡翠冪
詎知此花居上頭　儀鳳集鶵耀晚秋　宰相學士陪饗會　獻觴稲壽解風流
當時皇國遣唐使　雲帆來往度積水　可憐此花相隨臻　徙根獨向鳳城裏
餘芬散落遍人寰　今爲野翁護柴關　野翁好奇幸時樣　不愛海棠與牡丹
平居深慕陶令節　兩膝未爲斗米折　興來借爾暫開顏　肯望延年服金屑

老狐行

山中老狐無所忸　宵來邨家賺老婦　老婦不知此老狐　眼看腰帶玉印綬
稽首上堂命之唯　無敢近前郡太守　蒸裹焦糖供傾厨　偏勸腹腴不釋手

饗罷太手出東榮　忽爲老狐老婦驚　頓足號咷力不及　寒厨明日絶冷羹
嗚呼山中老狐何足道　君不見城中豺虎白日行

農人行

老夫曉杖上野驛　康衢轂擊頗逡巡　綾輭綿匀來何者　語言粤訛似農人
大被黑氈巾白綺　駕車揚揚滾黄塵　日見粟粒貴玉粒　爛穀委土棄不拾
農夫賤賃今則無　擲錢如芥來皇邑　自古三歎無一豐　車客不顧老夫泣

續農人行

前年穀賤民無聊　野有菜色疲征傜　老爺鬻兒老孃女　割愛割慈悲刀騷
官人自謂勤賙給　散帑納穀俾價調　調價何効穀愈賤　家家哭聲干青霄
今年穀貴民盡富　歡聲撼地群老幼　却愁總忘從前苦　殫穀爲金易錦繡
官人唯歎竈有苔　增租增俸難自救　禍福糾纏古若斯　蒼天何嘗有私覆

二直庵、畫柏鷹歌

直庵畫鷹入鷹神　猛姿僄狡誰能倫　麒兒二直升堂奧　亦善畫鷹意態新
歲久蹟逸希識者　荊山美玉歎沈淪　大學舊生老好事　獲之驚喜黎明臻
怪底壁間生古柏　孤高杳冥拂星辰　夔州雲氣一時動　銅柯石根何輪囷
有禽脱韝來息樹　將博戢翼金眸嗔　五綵璇璣皆碎墜　弭角颸毛森紛綸
鴻鵠不肯秋雯度　燕雀寧得春空紛　爪下殺氣起毫翰　紙上朔風吹沙塵
桂老瞪目稟動色　恍忘畫圖疑之真　二直畫鷹出天稟　妙趣直與神工鄰
墨馭陰帝玄翻雨　勢懸河漢龍逆鱗　林良䴥獷何足伐　姜皎能手應分茵
而今天下寡解畫　胭脂牡丹錢萬緡　斯畫却落草堂裏　頓使老夫憊氣振
雖無五十連城富　不辭敢倣秦昭顰　但恨腕乏少陵力　欲傳真骨空吟呻
吁嗟大材從古多坎壈　二直九原奚一人

昔我行

昔我二十好作詩　欲從時賢鬪才思　三十脩綆志汲古　乃頗知厭浮華辭

螢燄燒心二十歳　獨抱遺經几支頤　今我頽齡超知命　磨丹無功目先疲
憂自内來難斷絶　嗟歎詠歌仍次之　初覺手舞足踏妙　曾不在鬪才思時

萬物篇二首

萬物萬殊體　一氣流其中　我躬散爲物　物聚爲我躬　猶我耳與目　視聽斯心通
耳聰不能瞭　目瞭不能聰　兩偏各有分　守分用不窮　其用雖迭異　於我其功同
貴耳而廢目　視瞢心亦瞢　貴目而廢耳　聽聾心亦聾　心外無視聽　視聽心始終
百骸爲一體　一氣自冲融

井頭池

松本某者小學校師也。救校兒溺水而死。桂子聞之、悲其志、懿其行、
以謂有足厲世風者。乃作此曲。

井頭池　水潛螭　有兒墜水　爲螭危　爲螭危　有師躍水　兒脱危螭　師螭死

師螭死　殺身成仁　螭感仁　不肯食　不肯食　水惻惻　石闕銜碑　人長憶

玄雲歌

玄雲坱兮天隕霜　歲聿莫兮宵遼長　烏窺籠兮鬼笑梁　心茀鬱兮起彷徨　安乘龍兮游帝鄉

雲中白子高行

憑虛子化爲龍　龍嘯騫上謁周三山　三山之中蓬萊美　蓬萊總總多僊倫　僊農僊工僊男僊女　僊之夔何繽綸　僊攸服何服　靡綌靡緜　僊攸食何食　靡榖靡饘衣蘿裳荔　噏霞饌雲　形骸皮及骨　骨立而柴身　僊亦太瘠削　砂上偶語咸含辛僊田漠漠一何鹵　桑葉落若煙　紫宮絳闕　層樓傑閣　巍然遙插五雲端　銀潢流其下　瓊樹蘿其間　翼手尾脚鳳鳴擧　往敲紫微關　僊官僔僔鴈鶩爾　頭上燦燦星文冠　僊官導我僊帝前　前致辭曰　僊稼僊織僊國之因　僊官征之祿　僊官征之官　僊之一女不織　僊國寒僊群　僊之一男不稼　僊國饑僊民　僊帝陛下　粢

盛何由申　僊帝陛下　服御何田陳　或恐陛下左右莫之敢言　僊民陛下攸子　陛
下長與僊民親　保守陛下萬壽萬萬辰　蓬萊雖僊國　自有僊民萬千新潟

絶壁河歌

絶壁河兮泽汎　擊茲楫兮中流　白日陰兮黯黯　蒼天渺兮悠悠　玄雁兮騁翼　飛
雲兮于遒　風號兮岸上　萬木兮競飀　歲欲暮兮氣厲　丈夫老兮莫休

藉異

藉異棲縣圃　情同隱鹿門　托身雖近闕　避世未乘軒　嘉遯鉏三徑　窮居著萬言
河汾焉敢擬　守默滌靈源

寄靜處

吾憐古道人　養性尚涵泳　畫慕董呉姿　詩賡王孟詠　近傳哀女殤　久聽看妻病
君子固窮哉　簞瓢安汝命

莊周圖

塵寰堪小住　碧落曷難攀　偃臥蓬蒿下　優游天地閒　有時招日月　吐氣走神姦
欲識斯翁事　驂鸞欵九關

月

天上高秋月　來臨此草堂　彩漂虛幌入　影透素衣長　一片孤明質　遙開萬里光
征人充朔塞　莫照使懷鄉〔連歲兵馬屯鮮卑〕

日落

日落孤雲麗　雲收暮景闌　冥冥菸樹隱　溥溥露華團　人語夜逾靜　星明天更寒
鵲橋無涉者　銀漢自生瀾

十二月七日讀新聞紙有作

齊是由天命　元無貴賤班　姦雄嘗弄術　黎庶永生患　誰奉唐虞道　克濟時世難

喜聞華胄子　辭爵藉民閒

新慟

新慟復新慟　死生重死生　秋風喪從嫂　冬雨葬長兄　哀極已乾淚　腸廻難作情
空留金峙嶽　慘日下佳城

西崦

西崦曜靈墮　半規猶未藏　孤雲翻麗景　虚郭射戔光　含彩庭楓紫　湛明畹鞠黄
夕颸催暝色　黮黮滿幽房

秋夕坐齋至夜

凝霄秋氣高　向夕集深樹　景物一澄清　素懷宜暢暇　凉風明露花　返照屯烟柘
坐久月初昇　代燈臨永夜

冬雨遠望

慘慘雲低地　蕭蕭風撼林　高城沈凍雨　平野結愁陰　歲晏龍蛇蟄　天寒江水深
窮冬多遠矚　老去但長吟

江舟再移居尾久來説其勝題寄

（一）

聞子重移住　因家負郭幽　拆天名嶽秀　劃野大江流　翠色集虚室　澄光明一樓
纓塵應已濯　高卧送漁舟

二

挾書晨市序　退食暮漁家　笭箵陳同蓆　簡籤紛五車　軒開飛玉兔　江湧走金蛇
空水鑑靈府　深宵繙菽苴〔繙菽苴、改作獨泛楂。未知何是。〕

三

休暇起常早　興來江上游　青山横水郭　初日澹烟邱　漁語艪揺曉　鷄鳴門掩秋
緩行心彌遠　擥莽至汀洲

四

玄冬忘日盡　不敢卜升沈　掀髯空中嘯　寄懷弦外音　残瓢孤燭照　寒雪夜堂深
因見索居樂　固知君子心

又寄四首

（一）

羨爾江邨宅　開門倚竹林　山光遙映座　秋水自澄心　蓊木臨官渡　潭烟入野陰
對之終至夕　高詠酒杯深

二

原上孤煙起　渡頭行客稀　殘陽猶戀嶽　寒邑早關扉　川響知舟下　樹揺看鳥歸
漸昏群動息　入室理琴徽

三

破昏聞剥啄　秉燭候柴扉　笑目邀相入　清言莫與違　夜深遅月上　天濶一星輝
人籟于俱寂　初窺靜者機

四

昔有希仙者　巖棲不復還　鍊丹終莫効　朽骨曝空山　何若江舟老　端居野屋間
日歌招隱曲　偃蹇卧篁關

八首皆未叙春夏乃復此題

（一）

邨邨農事作　傾戸急田功　獨當豔陽日　坐承和煦風　後皐楡樹緑　方宅杏花紅
延矚東軒外　春流來遠空

二

孟夏光風動　江郊草木繁　炎景驕蒼野　孤雲翳遠邨　昨聞前山雨　因看長水渾
乘舟涵赤脚　流到故人門

江舟子又言。從家尾久已半歳矣。日對富嶽、欲賦諸詩而氣象變幻、難措隻句。桂子曰、信有之哉、乃復此作。

君道芙蓉嶽　當軒高萬尋　旦望復昏望　思吟難得吟　夏天常有雪　晴日特多陰
天門鷄未唱　嶽色爛然金
天地昔冥昧　巨靈虔聚精　一朝閶闔拆　萬古鳳龍驚　蒼嶽當圜宰　黄輿得柱撑
自居東位首　日月此中生
詩者志也。非景也。删餘三百、無詠景者。今江舟却望諸。余固非正始、
而亦一時游戲、君子所恕。仍賦以云。〔天地一篇宜後此文、以同題先。〕

紅葉

紅葉如人生　榮華能幾時　薫天朱綬色　輝地錦袍姿　夕日自徒戀　秋風何所之
凋零泥土裏　寵辱莫驚思

桂

小山生桂樹　山邃少人知　元是月中種　尚存天上姿　飄雲香自遠　抱石貌何奇

憐汝棟梁質　空爲霜雪衰

金商

金商昨夜響微微　曉拂高城入草扉　半落殘花猶未落　催飛老葉更將飛
三秋灝氣連天起　白日沈雲接地霏　紫閣丹樓都不見　吟望搔髩佇空幃

憶昨

憶昨春園蜂蝶斜　蜂巢林葉蝶穿花　秋風一起散蜂蝶　夕日乍傾悲雀鴉
幾度景光看未足　百年身世志多差　聖賢從古誰知己　不若歸田種穀麻

夜泛玉河

串玉清江不上煙　蘭舟夜置酒如泉　爭教水底靑蓮子　擎月高吟長飲篇
江上秋心明月孤　南飛烏鵲欲何呼　桂櫂遡洄非博望　堪乘銀漢到天都

寄青厓在關西

鳳闕黃楓玉露垂　萬家秋色動歸思　憐君江海風塵裡　獨抱朱絃彈向誰

芙蓉天半萬星低　倚閣望君堠樹迷　欲向飛雲題雁字　秋風吹不到關西

青厓碧堂二子辱寄聯唫一誦解頤和復

二老游興逸思新　前薇後薇日轉輪　曲歌流水廻琴浦　醉泛觥船問酒津

寄詩附記。琴浦酒津秋好晴〔碧堂〕乍南乍北杖藜輕〔青厓〕游程還愛支離趣〔碧堂〕日日碧堂詩裡行〔青厓〕

十月念五筮復知青厓歸京寄似

昨夜天風響佩環　便知羽客翼空還　平明起向城頭望　紫氣西來射日斑

寄青厓在關西〔追録〕

關西天遠一勞心　欲寄雲章不作吟　何當金方身化鳥　巢君巾上弄嘉音

有感

一曲陽春袍璞哀　乾坤誰復築平臺　當時賦鵩長沙傅　萬古爭光楚相才

讀懷古田舍詩存

實卿星社鬪才英　忽擲詩編入玉京　休道仲宣傷莫後　人間不朽鄴中名

〔種竹有一男一女、先殁嗣絶。〕

夫子像贊

夫子之墻不可攀　夫子之言尚可溫　溫向九經窺奧旨　鑽之彌堅瞻之尊

今秋多雨

孟秋季秋天積陰　昨日今日地流涔　中國稻粳六千萬　不知全穫泰民心

呂尚

昔有太公望　垂鉤於渭水　從成代暴謨　霸者至今美

翼發遷商鼎　就封齊國侯　陰權多匿知　貽作廩丘謀

自嘲

致辟唐虞術已疎　拯民溝壑志還虛　白頭笑汝猶童習　空抱殘經守草廬

自解

澒洞風塵素髮侵　孤懷不盡一張琴　尼山嘗有猗蘭操　休道暮年多壯心

南内圖〔哀露也。〕

羅袂飄風舞夜闌　華清僊樂碧雲端　惟今忍唱哀蟬曲　南内凄凉露葉寒

唐室拓邊殫朔陲　開元法曲一華夷　誰知羯鼓聲聲裏　催上中庭錦褓兒

冬日涉園

黑帝嚴威草木摧　將春未見一花開　先生寓意憐冬景　蠟屐空庭日百回

橘園贈以柑橘二篋其國所産云

橘老投吾橘兩籩　包元奇狀想渾天　欲持遺母既亡母　聊學鬱林空釋玄

紀感

最憶南陽劉子驥　好游山澤莫人知　紛紛多事桓車騎　長史請來逢固辭

朔方

（一）

朔方長下犬羊群　塞上久屯龍虎軍　空俾諸公司鼎鼐　徒勞使者看風雲

二

戎多襍種太支離　國有聯盟奈整治　獨佐黑龍江水北　皇軍轉餉欲何爲

三

急難鶺鴒原上頻　鬩牆誰識弟晜倫　休從闇裏投珠去　恐遇渠儕按劍嗔

四

守在人心國睦交　險存兵事禍藏包　黑頭皇卒擁戎苦　緑眼胡兒高鼻嘲

五

鄂羅贊普日東馳　黑水屯軍歳北移　逆氣近含關雪起　戰聲時捲塞雲悲

六

連年兵馬未看功　混一車書何日同　龍甲夜披龍水上　愁聞野哭滿軍中

予賦此詩後經半歳、果有尼港之變。可歎可歎。

又

南衝北折事如雲　卻遺民猜國際文　此間差足強人意　惟有駐西松使君

漫興

湖翁古癖愛陳編　晩暮時貪隱几眠　最喜庭無諸鸛雀　銜魚飛集講堂前

嘗編楊柳寫諸經　小屋寒燈照眼靑　今日溫凊無所問　唯從夢裏戀趨庭

白石南山爛已多　單衣短布欲如何　甯生不遇齊桓輩　直至千年尚浩歌

跋扈將軍獨數梁　鳶肩豺目一披猖　堂堂御史張文紀　埋盡車輪在洛陽

七寶精華瓔珞帷　鳳簫龍管座中吹　曲終身向人閒落　尚記霄宮奏樂時

入洛梁鴻五噫歌　變風遺旨一何多　却潛吳地賃舂老　倘舉大臣天地和

魯中碌碌百儒生　不見一人播姓名　何若朱家任俠子　關東豪傑盡輸情

布衣窮隱段干木　高義層雲莫與儔　天下即今趍勢利　過閭誰似魏文侯

李杜竝傳千古詩　未聞當日坐皐皮　輕薄今人資惡句　自招徒弟好爲師

正始論音三百年　茂卿玄度稍堪傳　卻教後輩凌前輩　蒼海高調鼓五絃

玉局麤才究國眞　雁門塗澤伯生淳　談詩緣督非容易　初識虛名每誤人

崑山雄句一何渾　格律嚴如細柳屯　回看霸上錢呉在　兒戲漁洋是棘門

後人皆重老杜吟　各以爲嚴意爲深　奚知得力渠嘗謂　頗學陰何苦用心

唐賢詩集等身堆　流派都從八代來　今人欲駕唐賢上　八代淵源須溯洄

湖海詩人星散居　誰能彈指撒瓊琚　若使性靈存古格　爭光日月比三閭
漫與諸詠無倫序　感來興來抽意緒　自論斯體遂難知　顧問傍人誰得語

庚申元旦桂子寅起獨坐茅齋家人來勸椒酒載酌載吟情見乎辭

（一）

城頭寒柝警嚴霜　地上明星爛歛芒　散市人聲消夜永　隔林雲燿辨朝陽
千門欲動春祥氣　九陌爭飛歲賀章　鷹有禁庭開瑣闥　須將民意獻　天皇

二

陽正一月逢元日　朔氣窮陰尚臘風　強學俗人隨柏祝　思聞太史報氷融
頻年龍戰海山血　瑞曆鳳開天地功　濟世計籌誰作主　邀春悲喜但斯翁

三

皇曆新年暖未催　闔京寒色擁宮臺　朔風遥送天邊雁　白屋空銜掌上盃

朝罷官僚何處醉　胡平戎馬幾時回　野翁佳節感難盡　太皥莫將愁思來

四

少陵詩調不嘗愉　按節新陽憶遠謨　海外辟王消長日　瀛中黔首盛衰初
先朝久擔崇公論　兩院今悲儺競趨　看到風雲將變去　何時得剖太平符

吟至四章、偶有客過曰、子生聖朝、時際陽元、立言尤宜春容揄揚、諧鬯純咊、今何變風變雅、令人不豫。夫少陵大明、紫宸、宣政諸律、何嘗有所風刺、謳奏太平一曲。桂子唯唯、廼復吟曰、

端日連年臘色堆　今年端日暖陽回　燮龢時運全銷雪　黼黻春光早入梅
淑氣應隨宸藻度　慶雲欲傍紫宮開　方知霄上僊官會　野老還擎壽聖盃

客曰善矣。蓋少陵作大明諸律時爲拾遺今子爲野人、俾少陵素子位則亦應如此。故爲得已。桂子不譍、舉杯屬客。因倶罄歡、次之以吟曰、

元旦柴門爲客開　茅齋置酒飲相催　望中白日東西轉　座上惠風天地廻

杯渡直堪航弱水　羽翔直欲到蓬萊　醉餘忘却僊凡隔　賀歲先俱倒玉罍

庚申元旦賦似家輩

五十二年人亦勞　逢天錫一笑軒醪　恥將寡德稱家伯　漫祝老齡推爾曹
伏勝耄荒能記誦　文淵矍鑠尚兵韜　而今我既頹唐甚　醉對春風強自豪

似兒

儒素氾家唯一誠　庭除何用樹槐榮　倘能教汝如蕭子　不怪門前感雉鳴

古邊塞曲

（一）

居延遙接祁連雲　不見胡兒驅馬群　劃地移民定邊計　千秋尚記霍將軍

二

不築長城北備胡　能致呼韓南獻圖　始信懷柔優戰伐　使人長憶漢家謨

三

南北單于比密班　招徠漢闕靖邊關　於除部眾潰亡盡　任尚輕騎大勝還

四

李唐威武向邊開　碧盌嘗隨使節來　堅昆遺跡今何處　難築燕然督府臺

五

鮮卑偉業已爲灰　無復一人檀石槐　誰置幕營歡仇上　至今彈汗鬱崔嵬

六

烏隴台連黑契丹　胡元猛將躍銀鞍　運移非復昔時態　縱有太宗攻伐難

七

漢璽當年寵錫頒　皇軍今日朔邊閒　若使羣胡霑德澤　何須一箭定天山

八

燕都突厥一豪傑　眼碧瑠璃顏渥丹　祖作鍛夫服胥役　身坐穹廬爲可干

九

銅弩雕牙錦獸張　少陵歎息棄沙場　開元貞觀千年遠　尚有胡雲滿朔方

十

鬬疆今不漢家秋　四海星軺若水流　秪令廟謨防内侮　肯容邊將覔封侯

四君詠

不見青厓已二旬　幾詩删罷就清新　近來過我多商榷　字字沈吟費苦辛

〔青厓長余十有餘歳、不恥下問、所以美也。〕

近得東陵訃老萱　深憐奉喪雪中奔　賢子已亡賢婦疾　雖云天命不銷魂

復憶江舟老未閒　朝朝出入校堂閒　空使松筠吟瓦屋　更教鶏犬臥柴關

誰似橘園愛我情　貧時交態一何淸　擧世滔滔輕薄子　黄金散盡不嘗行

寓斎冬日、一客不至。唯聞烏雀噪林

林屋積陰寒日多　故人誰復袖詩過　庭前烏雀莫飛去　吾與汝同躭嘯歌

詩成下庭、孤嘯徘徊、烏雀不去、顧我咊鳴。吁、是烏雀以我爲友乎、抑知無害心乎。今夫天下人、衆鮮無害心、父子相害、兄弟相害、何其慘也。烏雀則未嘗與我相害而能相友。我痛人之不烏若也。呈烏雀以詩一篇。

我有嘉賓客　翺翔自中林　儀容棣以抑　情款一何忱　昔日在故里　識子松柏陰
歎息長契濶　致子重盍簪　湛湛我衷曲　昭昭子德音　豈莫奠釃酒　恐子不留斟
願儐籩與豆　盛饋慰子心　感子伐木誼　悲彼葛藟吟

方竹賦

豈衞武之賢云、匪謂慕於淇澳。薄言出于東榮、涉南園以賞竹。正柯條暢而擢穎、茂葉綿延以繁蔟。裊葳蕤而下垂、紛葱蘢兮脩矗。刋琬琰而爲幹、蒐玉輅之緑軸。張鸞翅而斯蓋、疊景雲之青轂。節昂昂而干霄、蔭蔚蔚而覆屋。已挺然以嘉生、又猗猗而森肅。固殊類於醜草、詎同種於惡木。方乎貌而虛心、克守直而嫉曲。莫他侵而寧處、相簇生以樂族。彰堅貞於嚴冬、籟爽涼於暑伏。厭紅紫之浮豔、何與桃李追逐。非弱柳之涴塵、雖娗娟而不黷。厥友生之疇居、維屈蘭及陶菊。林梅固攸其親、鄭松亦嘗俱育。昔黃帝之惇龎、從伶倫於嶰谷。彼漢高之謙且素、常冠上位以修睦。游梁園而揖讓、入金谷而瘁蹙。護蔣家於三徑、供劉笋之可劚。跋澄州以彷徨、窮桃源於幽麓。哀朱明之陵夷、伴楚璵於東陸。感西山之履義、托根於後樂之沃。孫子之麗不億、廼此來焉寒宿。嘯泠颸以寄傲、佇朗月而樂獨。深藏文學之耿介、與世處而不跼。局袍諸葛之忠諒、潛草廬以欣勖。日夕俾人三顧、不敢拒而不速。洵此君之執中、何圓通而敦篤。願言與乎高懷、永爰遂乎初服。寧有過於廉貞、蔑就詹尹之卜。乃歌曰、

援而止、之而止、展禽之流乎。治而進、亂而退、伊尹之儔乎。出於類、拔乎萃、將是孔丘乎。子乎、子乎、子與、予夫子之由乎。

中秋觀月賦

桂子倚柱而立、盻若有遲、移步降階、仰天徐嘯、徙倚彷徨、復堂垂悗、忽若有見、嘅焉浩歎、慌若有失、搦翰作賦。其辭曰、

昏下薄帷、延睞空庭。迴崦嵫兮沈日、天地窈兮冥冥。白露團草璨若瑚星。商飈振樹、遞韻泠泠。楓瑟瑟兮將散、桐蕭蕭而已零。絡緯厲響、菊未落英。熠燿滅影、荃蓀萎馨。倏戔戔兮微光、若有望而晛晛。婉一人兮美姝、披霧縠之素絢。沐紐泉兮晞髮、珥圓璧之規瑱。開銀鑑兮象蓋、垂玉眸之微眷。燿新粧兮九微、華凝脂之嬌面。睠洛佩兮金鐶、搴齊紈之團扇。蔭芳桂兮徘徊、動青瑤之寶釧。褰皓裳兮水精、降廣寒之氷殿。體便娟兮蒨麗、情柔綽以綿纏。來遲遲兮無聲、疑蓮步之驚顫。似眄予兮含羞、翳雲袖之皜練。傷人間兮無媒、欲訟哀而婉孌。終轉輾兮入帷、願言侍於歡嬿。桂子肅然斂容、儼然正辭曰、姝非姮娥歟、嗟奚爲而入帷。姝嚮嫁兮彼羿、竊僊藥而亡馳。遺夫君兮奔月、嘗婦道之不思。慕游女兮漢水、遘宥陰而涉淇。何秉心之無恒、廼每戸而私窺。昔宋玉兮好色、尚陋東鄰之淫姫。寔關雎兮正始、維王化之攸基。姝不改乎此度、謇何尚乎豔姿。姝忽蘊微悁神、如有激。怨淮南之謠詠、悲靈憲之失的。喟馮心兮增欷、潛淚下而

露滴。守坤寧之正位、袍寅亮之貞誠。表坎德兮離畢、憫桂子之荒傖。於是　整姿態隱規諷、招箕星、翼白鳳、命飛廉、攬雲鞚。揭夜光之明珠、煌黄蓋之飛棟。使奔星兮先驅、駕天宇之鴻洞。桂子惕焉以畏、悔輕信於流言。願姮娥之少留、呼鄒衍而釋寃。設寶席兮撤帷、寘鈿几以聯罇。供椒香之洌醑、薦金盤之炮燔。陳微忱兮嘉辭、冀靈甂之温存。姝禮坊而不駐、戢流波而回轅。時欲曙兮鷄唱、露未霜而氣肅。桂子惘若有遺、魂煢煢而獨哭。

和歸去來辭

僕曩夢淵明先生、不忘于懷。時會九月九日、深感其閒居之事、遂攀高、韻抒情於辭。

歸去來兮、爾去此廬、奚所歸。既無垂白在堂上、何遠遊之可悲。委生死之有命、悟神僊之難追。聊翼順以偃息、覺市隱之未非。時舌耕以貿粟、或筆績而資衣。省牙籌之紛累、營生計於薄微。素無車馬、不須馳奔。以步代乘、出門入門。一家十口、頑然健存。又有婢僕、又有俎罇。雖無酒而成趣、欣闔家之和顏。寔貧賤之可傲、夜不扃而眠安。伸雙脚以隱臥、忘世路之間關。邀熹明而灑掃、坐書室以靜觀。招素友于暢談、搴園花以往還。咨蹇劣難矯厲、亶於此爰盤桓。歸去來兮、詎混俗以浮遊。徒高志而窮處、見富貴而不求。齊禍福於一紀、藐人間之有憂。朝玩包犧之八卦、夕究禹之九疇。所慕浴沂、泛如虛舟。托鷦鷯之一枝、不騁神於丹邱。耽讀書而廢食、尚友千古清流。感天地之遠大、懿帝運之鴻休。已矣、壽如彭祖亦幾時。固知勞生之信愚、櫟散於廣漠、此外莫之。豈在避世網、胡以冒進期。昔諸葛之未遇、於南陽而耘耔。苟無三顧之賓、終生止吟梁父詩。鑒顯晦之有數、詠考槃而不復疑。

幽蘭賦

惟空谷之寂歷兮、悵巖阿之無人。日曖曖而将暮兮、陰翳翳而無垠。倚深林而獨在兮、抱桂麝之奇芬。臨清泉以自照兮、惜芳容於季春。抽華簪而流睇兮、若郎贈而稍顰。與椒佞之叵契兮、思蕭生之不可鄰。姱昭質於潛姿兮、畏溷濁於埃塵。招明月而鑒影兮、沐青露以淨鬒。託按徽於微風兮、奏幽怨之難伸。聲哀切而泠泠兮、韻悽惻而精神。
亂曰、昔在隱谷之邃兮、與文宣王爲伍。徙於澧之滸兮、爲三閭大大所扈、嫉
魏武之猖披兮、至今自惜而以撫。

感舊賦

余歲二十二、謁蒼海公、獲聽詩說。而立後有私艱、不復能屢歷公、而公薨
矣。今拜公墓、感舊傷懷、慨慨于賦。
下赤坂兮偃蹇、濟麻谿以延竚。望青山兮窅窕、倚皐隰之鬱楚。循廻徑兮中林、
薄西邁而覿所。松柏丸兮茂蔭、墓累累其集處。息余駕兮彷徨、仰石闕之巨礎。
門肅肅兮罔人、獨倘恍乎誰語。慕亮節兮巃側、歎流歲兮伊阻。淚滂沱兮闌干、
腸九回而若煮。頎稽顙兮格神、羞薌合兮酌醑。謇心喪兮靡忱、悔起墳之徒儢。
風含冽兮驢鳴、秋氣憭以蕭森。雲凄祁兮凝冷、曜靈翳其屯陰。時垂晡兮難去、
顧孤影以自尋。遺容髣兮在睞、行敻遼而不臨。邈山河兮何處、悵知音之絶兮。
向空林兮懸劍、深同感於爨琴。廸來路兮反復、招明月以照衿。慼斯文兮梁隤、

不忘悲於蓍簪。公之靈兮有識、庶幾永鑒我心。

懷郷賦

昔陸士衡、典職中兵、不忘桑梓、有思歸賦。夫軍政者、邦家樞務、勛名武器、享生人間、誰不之冀。而士衡離家、僅四歲、廼眷戀不止。抑所人情自爾也已。我自住京、迄今三十二年。未嘗及仕、窮居陋巷、無効於國、無補於家。惡得不援鋏而弾幾幽憤然爲賦。其辭曰、

處委巷之幽僻、靜無事而夷猶。詧天道之攸載、夏運逝而將休。聞炎皇之廻駕、候屏翳之朱旆。佇衡門兮飲餞、薦鬱蕙之肅犂。日晼晼兮薄暮、飛廉宣曰聿秋。梧葉辭柯反土、玄鳥翩将歸遊。觀物性兮沈思、誰不戀其攸由。咨孤生之悖戻、昔何去於粤州。托飇蓬兮輻轤、來上都以逗遛。豈不惑兮我遇、雖鮮勞而懷愁。哀哀者兮父母、逖何處而去留。從嘗廢兮蓼莪、汩歲年之幾周。澹白雲兮孤飛、望靈邱於松楸。天杳杳兮不見、心蘊結而增憂。慨斯身之非鳥、奚輶翬以遶遒。悲罔恨兮幹蠱、恧難紹於箕裘。入空堂若有亡、懷故土而搔頭。

附篇

巳未八月桂子赴信州次中房里登燕嶽回瞻聯峰若有靈
異焉在昔先王受符必秩名山斯嶽當齋列位陽嶽之幽潛
不遇先王也作祭嶽神辭白歌以薦
嶽之峻兮崛嶸切漢藹兮中天　嶽之廣兮亘繚紐坤絡兮厖邊
嶽之神兮皇皇　肅若兮在焉　嶽揚靈兮繽紛　冥貺兮穹玄
震歡聲兮雷霆澤愉色兮霈零　災暵兮殄虐　膏溢兮八埏
樂庶類兮畢遂收戢功兮咸全　神其格兮周章雲降嶽兮縈延
神其歸兮容與嶽峯雲兮連蜷　嶽之神兮惟靈節于調兮化宣
祥景景兮休徵福穰穰兮吉蠲　迎嶽神兮送嶽神安歌浩唱兮
爰告虔
中房里在有明山西白雲滃渤莫靄涯涘雖至亭午不見日
影作雲中君歌

原本の１頁（將下燕嶽慨然此作）

桂湖村伝――桂湖村の生涯と学績――

村山　吉廣

一、新津の名家桂氏とその学統

新津（にいつ）は新潟県中北部の中蒲原郡に位置し、かつては市制が施かれていたが、現在は新潟市秋葉区となっている。その地名は鎌倉初期に生まれた。この地は信濃川・阿賀野川・小阿賀野川に囲まれ、能代川が貫流し人口も多く物産の豊かな上、交通の要路にも当っていた。近世では溝口氏の新発田藩に属していた。

桂氏はこの新発田藩領新津組の大庄屋として有力であった。初代は能登出身の葛原誉秀（たかひで）で、二代誉智から姓を桂と改めた。三代誉春の時、新津組三十二ヶ村の大庄屋となると共に苗字帯刀を許された。誉春は学問を好むと共に経営にも秀で、京都から茶の種子を持ち帰り茶園を設け製茶法も広めた。また、同地の秋葉山に大己貴命を祀る社を建てた。この山は宝暦十一年（一七六一）に功により藩主より賜与されたものである。現在も、社名は秋葉神社として名高い。誉春はまた北蒲原郡の福島潟の開発にも努め同地の葛塚町の基礎を定め、そこに桂原山龍雲寺を建立している。

四代誉章（たかふみ）（「たかあき」ともいう）は誉春の弟で、江戸に出て山崎闇斎の高弟松岡渾成に学んだ。渾成、名は仲良、『神代巻師説』などの著がある。帰郷後は学問の力を以て一郷をよく治めたと言い、農政に尽くすと共に桂家伝来の図書を集めて蔵書室「万巻楼」を営んだ。これは一族の用に供すると共に地域の人々にも公開された。文化七年、越後に来遊した江戸の儒者であり文人でもあった亀田鵬斎は、桂家に滞在して越年し、その折、「万巻楼記」をはじめ、桂家ゆかりの幸清水及び堀出神社の碑も撰文して残している。(1)

五代茂章は新発田藩支族溝口備後守の代官に任じられ北蒲原郡池端陣屋に出仕している。

六代誉重(たかしげ)も大庄屋として新発田藩の藩政に参与して治績を挙げ藩主から重んじられたが、一方、学究としての名声も高く、とくに当時、庄内への往復の途次、繰り返し来訪した国学者鈴木重胤との結びつきは深く、重胤は誉春を信頼し必ず桂家に滞在して国典を講じ、誉春も重胤の学徳によく服している。重胤は現在の兵庫県北淡(ほくだん)町の人。国学に志し、大国隆正の門に入り、のち平田篤胤没後の門人となった。文化三年(一八〇六)、江戸向島小梅の自宅で非業の最期を遂げているが、真摯な学究で、国学はもとより、経学・歴史・天文・地理・医書から仏典・洋学のほか、和歌・俳諧・囲碁その他雑芸にも通じていたとされる。誉春も師と同じく、漢籍・国典にも深く思いを致し、歌学にも一家言あり文章にも秀でていた。重胤の『日本書紀伝』の校閲をしたほか、佐藤信淵にも師事し、『済生要略』『世俗草摘分』などの著もある。

八代誉恕(たかひろ)は名を謹吾と言い、国学を父に学び、中年にして平田篤胤没後の門人となり、その学を研鑽した。

九代誉輝は明治六年(一八七三)の生まれ。九歳で父を喪い家を継いだ。成人後、多くの公共事業に尽し幾度か賞を受けたが、のち、一年志願兵として軍隊に入り、中尉に進み、日露戦争に従軍し旅順攻囲戦に加わり三十二歳で戦死している。

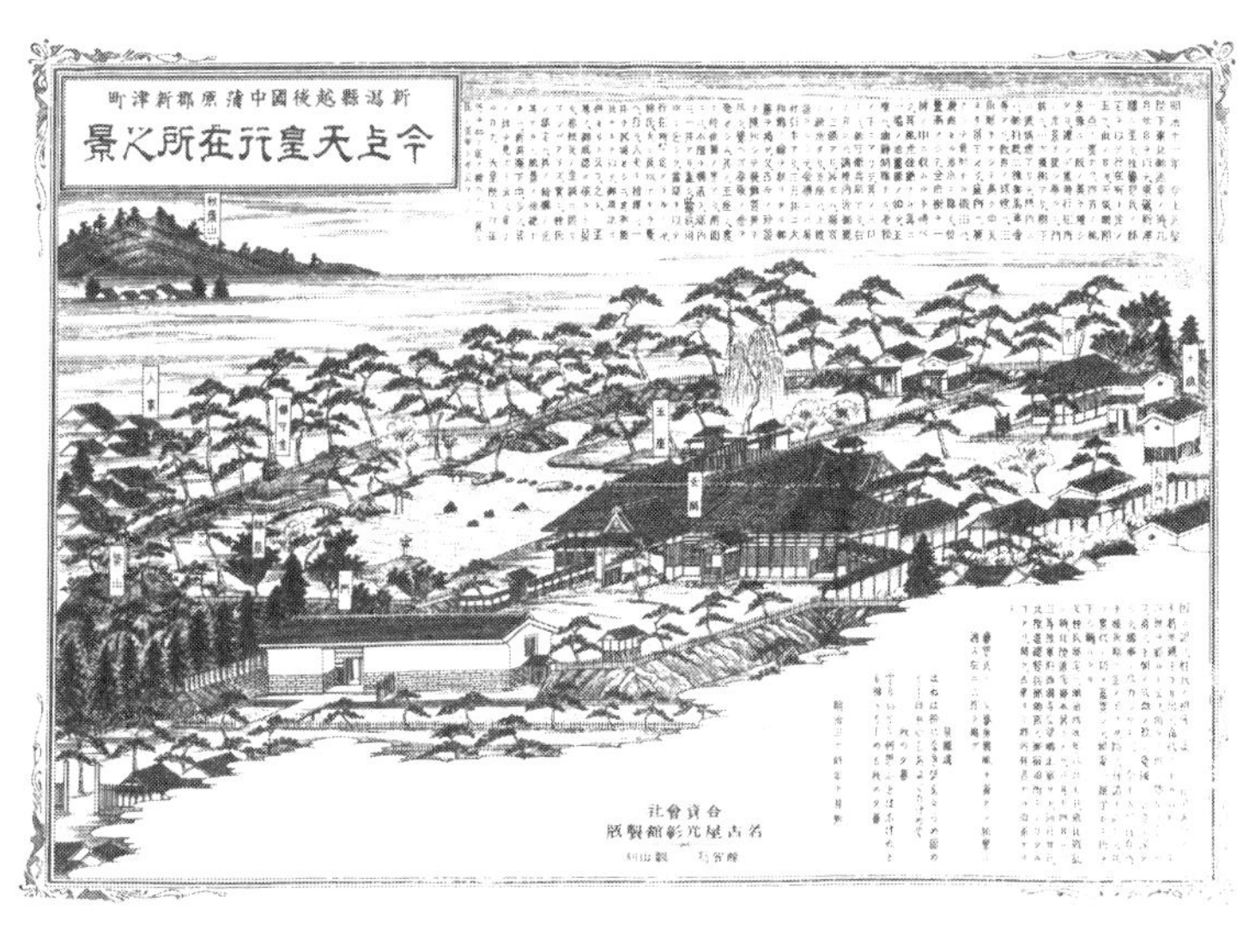

明治11年 天皇行在所となった当時の桂家。当主は八代誉恕。

湖村はこの長い伝統を持つ桂氏の七代誉重の弟誉祐の五男として生まれた。生年は明治元年（一八六八）十月十六日。父誉祐は通称善之助、改名して多膳、号は雲岳。戊辰の役に当り、敗軍の会津藩士が邸に土足のまま進入して来たのに応対しこれを斥けたという逸話がある。誉祐も好学の士で国学を鈴木重胤に、漢学を丹羽思亭に学んだ。思亭は新発田藩の人。江戸に出て松崎慊堂の門に入って朱子学を修めたため闇斎学を主とする藩の方針と合わず、市井にあって学を講じた。学塾を積善堂という。詩にも巧みであった。遺著に『思亭遺稿』がある。誉祐は本草学にくわしく、和歌・俳諧・音楽にも通じ画技にも長じていた。明治十一年（一八七八）九月に明治天皇が北陸巡幸の途次、桂邸を行在所にした時、誉祐は御前で観世流の謡曲を吟じたという。

湖村は通称祐孝、長兄祐忠のほか三兄当訓（行田家を継ぎ、のち弥彦神社主典）、四兄悌四郎（和田氏を継ぎ、のち粟生津村村長）がいる。なお、湖村の名は五十之助、のち五十郎。弟に六十郎がいた。湖村が他姓を継いだ兄弟と異り桂姓を名乗っているのは、桂家の支族である葛塚村の桂氏を継いだからである。葛塚は多年桂家が経営に力を注いで来た土地で、阿賀野川右岸の福島潟の排水口に当り、旧・豊栄市の中心にある。かつては綿織業が盛んで葛塚縞の産地としても知られる。葛塚桂家は四代の長女さのが婿

大正九年撮影　湖村53歳頃
右　桂五十郎（湖村）
左　桂六十郎（弟）

を迎えて分家したもので、湖村はその五代目を継いだ。妻は当主春章の長女いく。号の湖村は同地の福島潟に因る。福島潟はかつて周囲八十キロメートルに及ぶ一大潟湖であった。なお湖村の生母は誉祐の後妻、和田氏で名は伊佐。

おわりに桂氏九代の系譜を記しておく。

1誉秀――2誉智――3誉春――4誉章――5成章――6誉正――7誉重――8誉恕――9誉輝

1 「万巻楼記」は現在、亀田鵬斎の『善身堂文鈔拾遺』（中島撫山家稿本）に収められ、同書には「文化七年冬十二月」の紀年がある。この年、鵬斎は五十九歳。江戸を出て新潟に向い、岩室、弥彦、寺泊、出雲崎から佐渡にわたり、各地で碑文を撰し、帰途、三条、燕、新津をめぐり燕で越年している。この碑文は、解題・村山吉廣、訳注・鷲野正明で「中国古典研究」第二十八号（〈亀田鵬斎特集〉一九八三年十二月刊）に発表され、現在『亀田鵬斎碑文並びに序跋集成』（筑波大学日本美術史研究室　二〇一〇年三月刊）に収められている。なお、この記に関しては清人晏波による「万巻楼再記」がある。光緒九年（明治十六年〈一八八三〉）に新津を訪れ、柱家主人と面晤して桂氏のために記したものである。

二、越北の鴻都「長善館」時代

明治三十二年、当時の東京専門学校（三十五年に早稲田大学と改称）に提出した湖村の「履歴」第一条には「明治十六年、新潟県下越後国西蒲原郡粟生津村、鈴木惕軒ニ付キ漢学ヲ修ム」と自書してある。これが湖村の最初の学歴である。早くより父兄から漢学・国学をはじめとする諸学を承けてはいたのであるが。

明治十六年に湖村は十六歳である。当時、この地方一帯では「越北の鴻都（学府）」と称される長善館の名が響いていた。長善館は天保四年（一八三三）から明治四十五年（一九一二）までの間、八十年にわたって当時の粟生津村に開かれていた私塾である。創始者は鈴木文台。以後、惕軒――柿園――彦嶽の四人によって引き継がれ門人千余、多くの人材を養成した。漢学界では湖村のほか、鈴木豹軒、小柳司気太の名がよく知られている。

粟生津は弥彦山の東側にあり長岡藩領で西側の河渡場でもあった。のち、吉田町、現在は燕市に属する。師の惕軒は名を謙と言い、本姓小川氏で鈴木氏に入り文台の嗣となった。温厚な人柄で学問は折衷学。清朝の考証学にも関心が高かった。長善館はもともと漢学・国学を主としていたが、時代の流れにもよく順応し、惕軒の頃には歴史学を、次代の柿園の頃には算数・英語も教材に加えている。惕軒には「正名篇」「革命篇」等の著作があるが、その詩作の二篇を左に掲げておく。

夜歸

寒村撃柝月三更　霜氣滿天秋色清
自喜少年猶未睡　窗間朗朗讀書聲

村居

村居幾歳守吾愚　朝伴琴書夕釣徒
底事世間名利客　展觀反覆地球圖

長善館旧跡。粟生津の鈴木邸

湖村にとって粟生津は母方の和田氏の里でもあり、明治五年には兄の保三郎も十二歳で長善館に入塾していた縁もあった。但し、湖村の粟生津滞在は短く、明治十六年四月から翌十七年八月までのことであったようである。またこの間、湖村は粟生津小学校の教壇に立ち惕軒の季子虎雄の師ともなっている。この間の事情を伝えるものは次にかかげる『湖村雑録』のなかの一文である。

癸未四月、我粟生津村に寓し村庠に奉職す。村に有本〔鈴木氏の宗〕、惕軒〔鈴木氏の支〕二老あり。並びに儒学に通じ益を受くること尠（すく）なからず。惕軒の季子虎雄は僅かに六歳、極めて敏なり。我、庠に上るごとに業を授く。業績必ず其の儕輩に冠たり。後、大学に入り博士となり、京都帝国大学教授となる。去春正月、今上鳳凰殿に御し召して詩経を講ぜしむ。世以て栄となす。我は甲申八月を以て村を去り新津に還る。（原漢文）

有本は惕軒の父桐軒の子。鈴木氏本家の第六世。虎雄は右にあるようにのちの京都大学教授で中国文学を講じ豹軒の号で知られる。以後も湖村の門弟として多くのかかわりを持つ。

右の『湖村雑録』は未刊、晩年の筆録である。(2)

甲申（明治十七年）八月に新津に帰った湖村は明治二十年ごろ東京に遊学している。二十歳の年に当る。その間にも郷里の惕軒との交渉はあり、『惕軒詩集』の二十一年九月の詩には次のようなものがある。(3)

矢土錦山見訪　丁亥九月四日來訪。

　桂五十郎紹介焉

匹馬遠探北海隈　不關吟骨痩如梅
羨君嚢底一枝筆　載得千山萬岳來

三首あり、一首は和韻の詩である。矢土（やづち）錦山、名は勝之。伊勢の人で土井聱牙（ごうが）門人。明治政府に仕え賞勲局等に出仕、森槐南と共に常に伊藤博文に陪従した。この時は湖村の紹介で北越を訪れた錦山が惕軒を訪問したのである。[4] 以後、惕軒はしばしば錦山と詩の応酬をしている。二十一年十一月には在京中の湖村に寄せられた詩に和韻したものが四首ある。題は「寄桂五十郎」とあり、題下に「号湖村、寓東京。歩其詩韻」とある。その一を挙げておく。

秋風萬里碧空長　紅樹青山各作章
更喜故人金玉句　寄來林外舊書堂

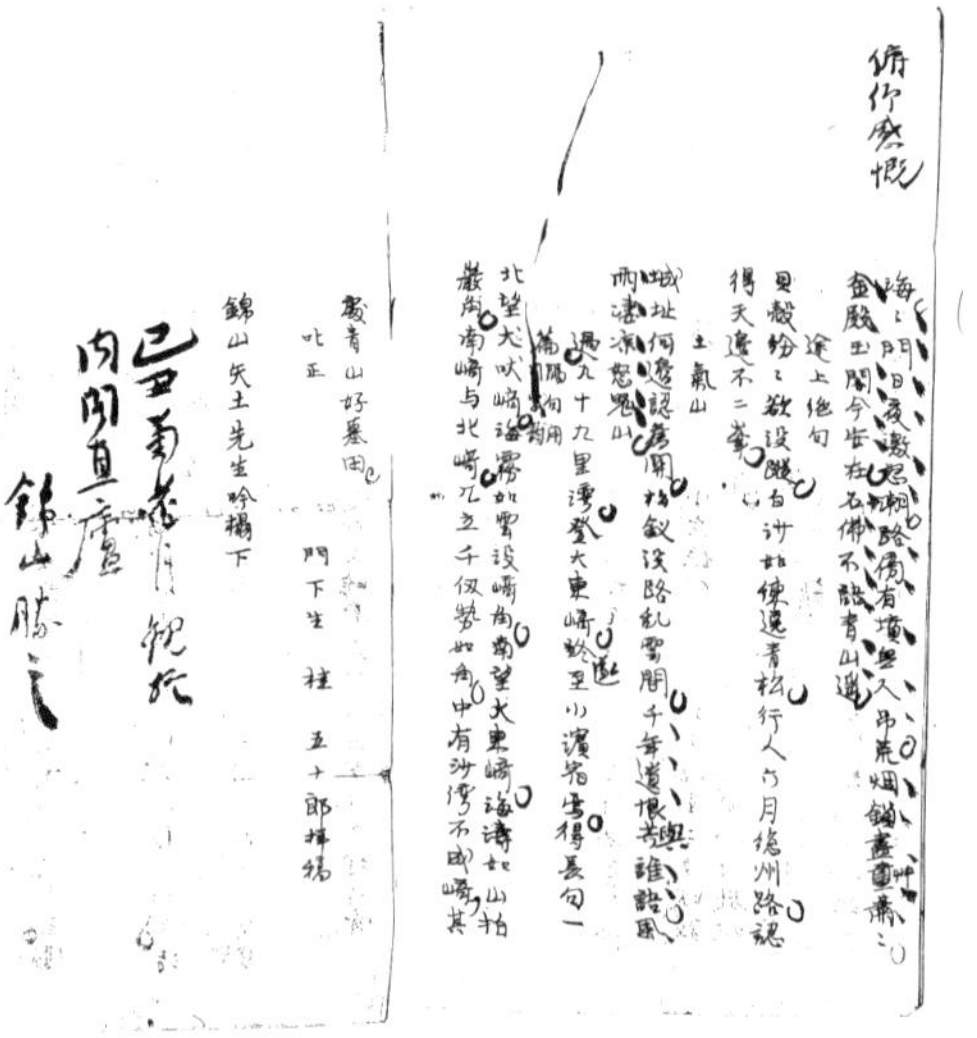

明治22年 湖村の詩稿。矢土錦山の批語がある。

湖村は粟生津から新津に帰った年の九月に葛塚の桂家に養子に入っており、そのころから湖村の号を使い始めたのかも知れない。

上京した湖村は英語学校に学んでいる。のちに東京専門学校英語専修科に進むための準備であり、また英学を修めることの大切さを強く感じていたからでもあろう。晩年、病中の湖村を訪れた門人が、湖村の机上に大きな英書が置かれ傍らに辞書と天眼鏡があったと報じているが、生涯洋書にも親しんでいたかと察せられる。

明治二十一年、湖村は東京専門学校英語専修科に入った。国元では商業学校（現在の一橋大学）へ入ることを望んでいたが、本人が承知しなかったとのことである。門弟の虎雄も湖村と同じく上京し、第一高等学校に入学している。

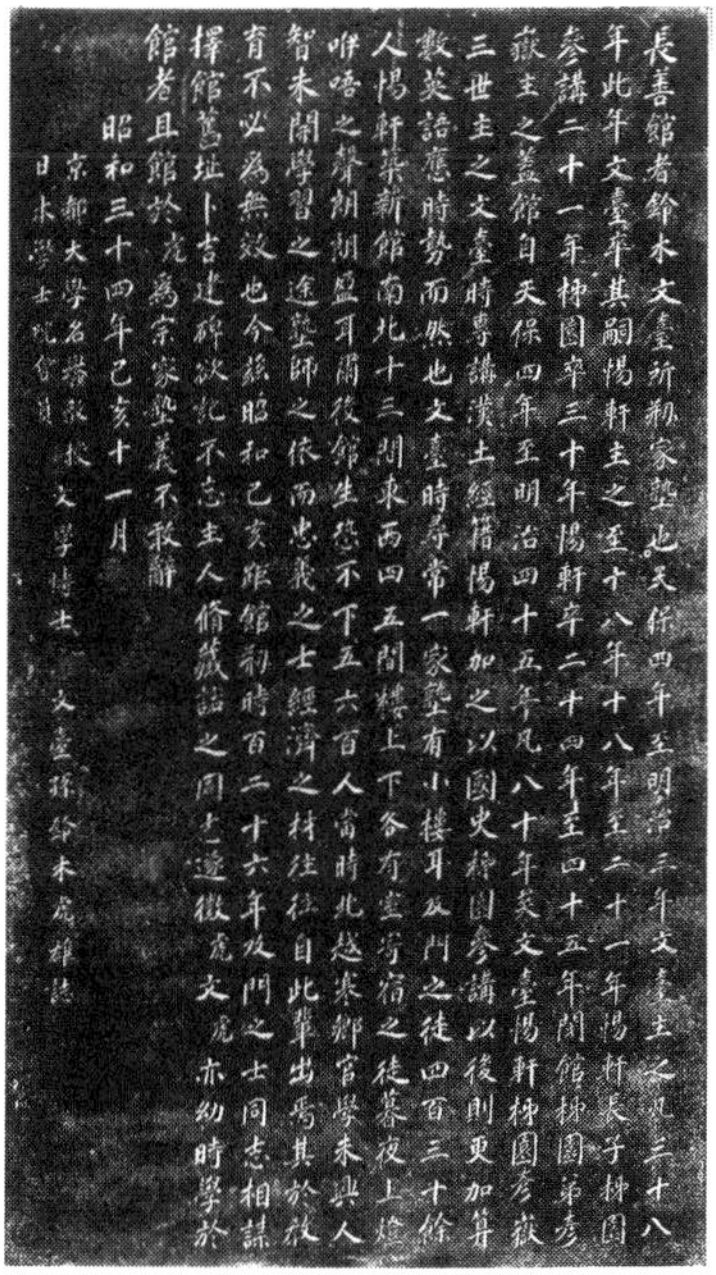

「長善館址碑」　撰文　鈴木虎雄

なお、湖村の兄悌四郎（和田氏）もこれよりさき長善館を経て東京専門学校法律学科に学んでいる。もと中之口村出身の小柳司気太も長善館に二年間在学し、湖村と同じころ上京し後に東京帝国大学文科大学漢学科選科に入学している。『愓軒詩集』にはこの両人に送った詩もいくつも見出される。[5]

2　『湖村雑録』　仮題。昭和九年八月、すでに風患（中風）を患っていた湖村は手が不自由だったので五女與年（よね）（のちに指宿（いぶすき）氏）に口授したもの。序に左の一文がある。

諸家の筆語詩文、その自ら書する所、今尚ほ我が篋底に存す。悉く皆な全て載せ、敢て一字も増損せず、何ぞ況んや我が文をや。蓋し名を録するは自ら愧づ。固より字を載するを主とし毫末も修飾を容れず。

昭和甲戌八月　湖村風患翁口授　與年女筆之

とある。高島屋製四百字詰原稿用紙にペン書きで、すべて漢文体、全九十枚。筆者は湖村息女故指宿與年氏から恵与の複本を蔵しており、訓読して公開の機を得たいと望んでいる。

3　「惕軒詩集」は『長善館学塾資料』上（新潟県教育委員会、昭和四十九年三月刊）所収。

4　矢土錦山『錦山遺稿』巻一に「登秋葉山題洞壁」七言古詩があり、錦山が新津に趣き桂家を訪れた折の作。明治三十四年のもの。

5　司気太は東京英語学校、東京国民英学会を経て普通中等課程の資格を得た。なお司気太の伝記については『近世の醇儒　小柳司気太』（村山吉廣監修、中之口村刊、平成十一年三月）がある。

附一　「長善館門人姓名録」明治十六年の前後に湖村の名はない。これは客分扱いであったためか。なお現在の「長善館跡碑」は碑陰に鈴木虎雄の撰文を刻み、旧吉田町史料館門側に建つ。「越北之鴻都」の文字は諸橋轍次の筆である。

附二　鈴木虎雄は、後、湖村の後を追うようにして東京に出たが、当時は一時養家となった大橋姓を名乗っていた。湖村と共に新聞「日本」に発表した漢詩も大橋姓である。のち鈴木に復したものである。

三、東京専門学校に学ぶ

上京して市内の英語学校での修業を経て、湖村が東京専門学校へ入学したのは明治二十二年二十二歳の時である。この学校はこれよりさき、明治十五年（一八八九）に大隈重信によって創設され、その後、湖村がこの学園に職を得た明治三十五年（一九〇二）になって「早稲田大学」と改称され今日に至っている。湖村入学の専門学校時代は入学資格は十四歳以上。政治経済科、法律学科、専修英語科があって、湖村が選んだのは専修英語科であった。すでに和漢の学に精通していた湖村は「これからは和漢洋の三学を兼ね修めることが肝要」と心得ていたし、創立者の大隈もつとにそのことを唱え、看板教授の坪内逍遥も強力な唱道者の一人であった。さきに記したように晩年にあるひとが湖村を訪ねると、机上に天眼鏡と共に大きな英書が開けてあったとあり、その志向、その素養は、失われることなく保たれていたようである。

当時の学校の所在地は現在の早稲田大学の本部キャンパスとほぼ同じであるが、当時の地名は東京市南豊島郡下戸塚村であった。校地に隣接する大隈邸を含む一帯は同郡早稲田村と呼ばれており、のちの早稲田大学の名称はそこから起こっている。文字通り田圃があり、茗荷畑があり、茶畑がある未開で野趣の残る一帯であった。校内正門には講堂と呼ばれる大教室があった。またこの教室の周辺には寄宿舎があり、朝方には時計台の鐘が鳴りひびき、多く地方から来ていた寄宿生はみな起床を共にして学んでいた。

校長は始め前島密、のちに鳩山和夫、みな大隈の政友でもあった。英語科の講師には天野為之、大隈英麿、坪内雄蔵、増田藤之助らがいた。天野は東京深川の人。日本における経済学の草分けの一人であり、のちに第二代早大総長となり、転じて早稲田実業学校（現在の早稲田大学系属早稲田実業高校）の校長となった。大隈英麿は盛岡の人、旧姓南部。アメリカのプリンストン大学を出て外務省出仕。大隈と共に下野して東京専門学校創立に参画し、初代校長をつとめた。はじめ大隈家の養子となったが、のちに離縁。坪内はいうまでもなく作家として名高く、号は逍遙、美濃の人。のちシェクスピアの作品全訳で知られ、在職中は名講義の評判が高かった。増田藤之助は専攻は英語学。精細な講義で学生に慕われた。『英語比較英文学十講』『英和双解熟語大辞典』（いずれも丸善刊）などの著がある。

学校運営の幹事は大隈の右腕とうたわれた市島謙吉。号は春城で、のちに大学理事、図書館長となり重きをなしたが、新潟県水原（すいばら）の人で湖村とは同郷。現に湖村の「春城宛書簡二通」（いずれも年代不詳）が早稲田大学図書館所蔵として伝えられている。

専門学校での英語の学習では講読、会話、筆記、作文、文法、修辞学があり、輪講にはスイートンの『万国史』、ジョンソンの『ラピラス物語』、スコットの『湖上の美人』などがあった。

専修英語科というもののこの科には、学科としてこのほかに「漢文」「作文」「講義」「体操」も課されていた。「体操」とはいかなるものであったか実態は不明であるが、「漢文」には『十八史略』『日本政記』『文章軌範』などが挙げられている。これらは湖村にとっては、「何を今更」という類のものであったろうが、教授には三島中洲、信夫恕軒、森槐南の大家の名が並んでおり、外に国語には饗庭篁村、落合直文、関根正直らが控えていた。

湖村の専門学校時代の過ごし方が、どのようなものであったことかはあまり伝わっていないが、昭和十年十二月刊の雑誌「淡交」（早稲田大学高等師範部刊）に湖村が訪問記者について答えている次の一節がある。

先生が英文科に御研究をつまれたる当時、或は又た腰に弁当をつけて上野図書館に通ひ、研究に夜も日もつかれたる御苦労を、ポツリポツリと語られた。この時代から睡眠時間は四時間を過ぎませんというお言葉に接しては少し面のホテル感がした。

明治二十五年（一八九二）六月、湖村は三年の年限を経て専門学校を卒業して得業生の資格を得た。同期は三十二名。成績の筆頭には綱島梁川がいた。梁川は名は栄一郎。岡山県上房郡有漢村の人。専門学校卒業後、改めて文科に入学し、東西の文学・哲学に親しみ坪内逍遥のほか大西操山の感化を受け、やがて独自の思想家として注目されるに至る。

附一　当時の専修英語科課程表及び講師氏名

●専修英語科課程表

年級		英文								漢文		国文
		誦読	会話	筆記	作文	文法	修辞学	輪講	講義	講義	作文	講義
第一年級	一週時間	二		二	二	三			六	二	一	二
	前期	カッセル氏 公民読本		ニユー、ナショナル 読本第三	スウヰントン氏 作文書	田原氏 英文指針			万国史 カッセル氏 公民読本	十八史略	作文	国文教課書
	一週時間	二		二	一	三			六	二	一	二
	後期	ニユー、ナショナル 読本第四（後部）		ニユー、ナショナル 読本第四(前部)	スウヰントン氏 作文書	田原氏 英文指針			チツケンス 英国史 万国史	日本政記	作文	国文教課書
第二年級	一週時間	二	一	一	一	二		二	六	二	一	一
	前期	サンダース氏 ユニオン第四読本	臨場	筆記	書牘文例	スウヰントン氏 大文典		スウヰントン氏 万国史	フランクリン自伝 マコーレー氏 ヘスチング伝 フオーセット氏 小経済書	文章軌範	作文	文法
	一週時間	二	一	一	一	二		二	六	二	一	一
	後期	サンダース氏 ユニオン読本第四	臨場	筆記	書牘文例	スウヰントン氏 大文典		ジヨンソン氏 ラセラス物語	アービング氏 スケッチブック マコーレー氏 フレデリック伝 スペンサー氏 代議政躰論	文章軌範	作文	文法
第三年級	一週時間	二	二		一			三	六	一	一	一
	前期	ベスト、オレータルス	課題		作文		講述	フェリス氏 英傑伝	スウヰントン氏 大家文集 バヂオット氏 憲法論 ソーシアルサイエンス	史記	作文	古文
	一週時間	二	二		一			三	六	一	一	一
	後期	ベスト、オレータルス	課題		作文		講述	マッカシー氏 ウヰクトリヤ朝	スウヰントン氏 大家文集 ミル氏 代議政躰論 スコツト氏 湖上佳人	史記	作文	古文

附二　当時の専修英語科課程表及び講師氏名

講師姓名

米国文学博士	家永　豊吉
	今井鐵太郎
	畠山　健
米国理学士	大隈　秀麿
文学士	大西　祝
	落合　直文
文学士	坪内　雄蔵
	饗庭　篁村
	三島　中洲
	三島　桂
	信夫　恕軒
医学博士	森　鷗外
	森　槐南
	関根　正直
米国文学博士	エフスタンレー

英語文学科及専修英語科入学手続

一　募集期ノ外学年ノ中途ニテ入学セントスル者ハ随時学力ヲ試験シ志願ノ級ニ於テ修学シ得ルヤ否ヲ検定シテ仮入学ヲ許シ置キ学期ノ末学期試験ヲ経テ及第スル時ハ上級ヘ移ラシム

但シ専修英語科ハ各級ニ又英語文学科ハ第一年級ノミニ入学ヲ許ス

一　両科入学試験課目左ノ如シ

専修英語科第一級ハ作文（漢字交リ）。日本政記正文章軌範ノ類講読。ニユー、ナシヨナル読本第二第三ノ類訳読及誦読、

同科第二年級ハ第一年級ノ課目又第三年級ハ第二年級ノ課目

英語文学科ハ専修英語科第三年級卒業相当ノ課目

一　学年ノ中途諸級ヘ編入ノ為メ執行スル検定試験課目ハ志願ノ級ヨリ以下ノ課目中二三課ヲ択ヒ受験セシム

一　英語文学科第一年級ノ英語教課書ハ一学期金五十銭ノ手数料ニテ貸附ス第二年級以上ハ貸附冊数少ナキ手数料ヲ要セズ

一　専修英語科ノ教課書ハ第一年級ヨリ第三年級ニ至マデ総テ無手数料ニテ貸附ス

一　両科共入校ノ節束脩金一円ヲ納メシム

一　英語文学科ノ学費ハ前期金拾円後期金九円トス

但シ毎月金一円八拾銭ツ、分納スルモ妨ケナシ

一　専修英語科第一、第二年級ノ学費ハ前期金六円後期金五円トス

但シ毎月金一円ツ、分納スルモ妨ケナシ

一　同科第三年級ノ学費ハ前期金九円後期金七円五拾銭トス

但シ毎月金一円五拾銭ツ、分納スルモ妨ケナシ

一　両科共入校以前ニ係ル学費分納額ヲ納ルヲ要セズ

※明治二十四年十月二十日発兌「早稲田文学」（東京専門学校刊）第一号巻頭所収による

四、青年詩文会の結成と「青年文芸雑誌」の刊行

湖村はあまり己を語らない人なので、さきに挙げた晩年の「淡交」記者の探訪記事ではきわめて控え目に学生時代に刻苦して読書に励んだことのみを伝えているが、実は東京専門学校卒業前後の湖村は先輩や同窓の友らと語らい「青年詩文会」なるものを結成し、雑誌「青年文芸雑誌」を刊行した。当時の文芸界に確かな一石を投じていた事績がある。

同志は柳井絅斎（やないけいさい）と新田柑園（かんえん）であり、三人は連名で（K・Y・N投書）なるものを「早稲田文学」第三号（明治二十四年十一月十五日、東京専門学校刊）に「漢洋のおとづれ」と題して投じている。この文章は同誌の「詩文評論」（雑報）に取り上げられたが、末尾は「（以下略）」となっていて論旨が十分に伝わらないが、新時代に際会して漢詩壇にも新詩体が論ぜられることなどを記し、新旧漢詩家に一石を投じようとしたもので、次にその一部を掲げる。

> 現今漢詩人一般の傾向を察するに其執る所の意見固より一ならずと雖之を大別して進取守旧の二派と為すを得へし所謂進取派とは従来の漢詩に西詩の趣味を注入して一種の新詩体を組織せんとするものにして其勢力猶甚盛ならず寧ろ後者（守旧）の方迥に勢力を有するもの丶如し漢詩につきて斯く意見を異にし互に相陵轢するは老輩作家の内にはあらずして重に少壮作家の間に在るもの丶如し蓋し其故如何にとなれば老

輩作家は詩学の成り行きに関しては概して無頓着なるようなれば別に意見とて主張せらるゝ処有る可しとも見えず或は永世今日のまゝにて伝はり行くならんと思ふも有る可く或は世人が古器物を賞翫すると斉しく唯古代の遺物として存し伝ふるならんと思ふも有る可けれはなりされど後来消滅す可きものなど、思ふ人は有らじと聞きぬ又少年作家は一見の処進取主義を取るもの多からんと思ひの外大概は守旧派なりといふを聞くに是其師とするところ多くは守旧説を唱ふるか為に自然感化せらるゝにも因る可く又は単に師友の関係といふ感情より他人排斥的に出つる偏見もある可く或は全く西詩の趣味を知らさるに坐するも有る可しとなむされと是固より少年作家の事なれは後来はいさ知らず現在の詩壇上さまで勢力ある可しとも思はず如何にとなれは少年作家は重に壮年作家に付属してはたらくものにして壮年作家の方針如何に伴ふを以てなり故に今日に在りて尤も注目すへきは壮年作家中に起りつゝある両派の傾向如何にあるへき歟云々

（以下略）

つづいて「早稲田文学」第六号（明治二十四年十二月二十日刊）には雑報欄にその活動について次のような紹介がある。

桂・新田などいふ青年詩文諸氏発企となりて外題の如き詩文会を設け、『青年文芸雑誌』といふを発兌し、詩文評釈、青年詩文、文学談、余談、文芸消息、質疑応答、闘詩文等の数欄を設け、毎月一回での刊行するとか、委しくは広告欄を見るべし。

とある。

「早稲田文学」第九号（明治二十五年二月十五日刊）にはその広告が出ている。それを次に掲げておく。

青年文藝雜誌

二月十日第一號發行
定價郵稅共六錢五厘
五部前金同卅錢五厘郵券代用は一割增

論說 發行の趣意 **寄書** 青年文藝雜誌發行に就て……大江孝之●青年文藝雜誌に題す……寧齋主人 **名家詩文** 高松保郎傳……矢土錦山●詩……森槐南、大江敬香、關澤霞莊、野口寧齋、森川竹磎、谷楓橋、橫川三松柳井絅齋等 **青年詩文** 文三篇●詩廿六首● **鬪詩文** 雪中觀梅十八首● **詩文評釋** 跋醉翁吟……歐陽脩●沔縣謁武侯祠……張船山●江上夜歸……萩原綠野 **質疑解答** 數件 **文學談** 西洋文學の一斑●文學史と一般歷史●詩話 **餘談** 陸放翁略傳●吳梅村略傳● **漫錄** 雪窗硯滴……湖村漁者●其他數件 **雜報** 早稻田文學●學海●同攻會雜誌●文友會●學海の三家豫選其他數件

發行所 東京小石川區茗荷谷町廿八番地 **青年詩文會**
發賣所 同神田區裏神保町壹番地上田屋 **長井庄吉**

●**會員募集** 郵券二錢を御投しの方には詳細の規則書を呈すべし

明治二十五年二月　青年詩文會

これはその創刊の広告であり、明治二十五年二月の創刊であることが知られる。巻頭に寄書しているのは野口寧斎と大江孝之。両者とも当時の傑出した漢詩人であることは言うまでもない。大江は号は敬香、徳島の人。「名家詩文」には矢土錦山、森槐南、森川竹磎らが名を連ね、「青年詩文」以下が同志の人々の発表の場であろう。湖村は「漫録」に「雪窓硯滴」と題し、湖村漁者の名で登場する。発売所は「小石川区茗荷谷町八番地」

となっている。これは当時湖村が寄留していた同町の深光寺である。

次に「早稲田文学」第十号（明治二十五年二月二十九日刊）の「近刊諸雑誌」欄には右の第一号について次のような紹介文が載せられた。

●青年文芸雑誌（第一号）錦山矢土氏の小引に曰く『越後桂湖村、上総新田柑園、相謀略著文芸雑誌。其意在発揚熙朝文華。余観近日坊間新著、孟浪杜撰、鮮足読者矣、二子才学固与時流異撰、則斯編一山譬猶梅花放清芬於凡桃俗李中』と又其発行の趣意の末段に曰く『夫れ和漢洋の文学を折衷して以て純善純美の新文学を起すが如きは余輩の力固より之を能くす可きにあらず、且前輩の士既に従事するあり然れども身苟も文学界に棲息して（云々）焉んぞ坐視すべけんや是文芸雑誌を発行して主として時文の弊習を撓め（云々）新改革者の前輩と為らんと欲する所以なり（云々）其重きを漢文学に置きたるが如きは我国文化の淵源実に此に在ればなり亦彼の旧文学を主張して新改革者に抵抗せむとする者の比にあらず』と以て発行者の本意の在る所を窺ふに足らん大江敬香、野口寧斎二名家の寄書あり詩文あり評釈あり文学談あり漫録あり天気予報にいつはりなき夜明の空のほの〲

残念ながら「青年文芸雑誌」は数冊にして終ってしまい、その活動の首尾を見ることはできない。関係資料も多く失われている。わずかに湖村長男の故桂泰蔵氏が当時家蔵の資料により「新興明治歌壇史の考證——根岸短歌会の誕生前後の経緯——」（『開国百年記念論集〈明治文化史論集〉』、昭和二十七年十一月刊、所収）を発表し、湖村らの漢詩改良、文壇改良の運動がのちの広汎な文壇改革の発端となり子規の歌壇改革にもかかわりが深いと指摘している。

なお、湖村の同志柳井絅斎は岡山県高梁の人。名は碌。明治四年（一八七一）生まれ。東京専門学校を出て「早稲田文学」などにしきりに漢詩を発表し、漢詩壇の新星と目された。しかし短命で明治三十八年三十五歳で亡くなっている。新田柑園は明治二年生まれ。東京専門学校専修英語科に学び湖村と交わりが生じた。千葉県山武郡の人。名は義彦、別号図南、桜処。新聞「日本」にもしばしば漢詩を載せているが、のち教育界に転じた。

青年詩文会の同志には、他に中桐確太郎、柏原文太郎らがいる。中桐は東京専門学校第一回の卒業生で福島県の人。大西操山（祝）門下。のち早大講師から教授となり倫理学者として名を成した。柏原文太郎は千葉県成田の人。東京専門学校を出て東亜同文書院、目白中学の設立に参加。のち政界に入り衆議院議員となっている。

五、新聞「日本」と湖村

当時、漢詩壇で漢詩人としての力量と学識についての評価を与えられていたのは国分青厓（こくぶせいがい）である。青厓は当時、盟友陸羯南（くがかつなん）の新聞「日本」で文苑欄を担当していたが、その担当者の一人として新たに桂湖村に白羽の矢を立て、羯南に湖村を紹介した。このため湖村は東京専門学校在学中の明治二十四年に「日本」にかかわりを持ち、二十五年卒業と同時にこの新聞に入社した。ほぼ同時期に入社し俳句欄を担当して俳句改革に華々しく取り組むこととなる正岡子規とは、社内で机を並べて過ごし、後、個人的にも深い交わりを結ぶこととなる。

湖村を陸羯南に紹介して「日本」に入社させたいきさつについては、木下彪の「国分青厓と明治大正昭和の漢詩界」に次の一文がある。

> 青厓が桂湖村を見出して「日本」の文苑の仕事を分担させたのは明治二十四年で湖村はいまだ東京専門学校の学生であった。翌年卒業して「日本」に入社すると、青厓は羯南に説いて文苑欄の選評を主として湖村に託することにした。尤もその少し前から本田種竹にも文苑の仕事を分担させてみたようだから、両者は漢詩を取扱ふだけで、湖村は漢詩、和歌をも之に当らなければならなかった。（中略）明治二十五年、大学を中退した正岡子規が十二月一日から「日本」に入社し、湖村と机を並べて共に文苑に従事することとなった。時に湖村二十五歳、子規二十六歳であった。

陸羯南

湖村を羯南に紹介した国分青厓は、名は高胤、字は子美、別号太白山人。安政四年（一八五七）生まれ。仙台の人。羯南とは共に中途退学した司法省法学校時代の盟友の一人であった。「日本」に発表しつづけた激しい政治批判の「評林」欄の漢詩は、大きな反響を呼び「評林体」の名を得ている。やがて「日本」を離れ、森槐南らと吟社星社を結成し、大正二年には新たに設立された大東文化学院に招かれて教授となり、ついで「雅友会」をはじめ各種吟社の盟主となり、晩年は雑誌「昭和詩文」を主宰した、長命で没年は昭和十九年、年寿八十九であった。

終始、副島蒼海、桂湖村らの詩風の支持者であった。詩集は没後、昭和五十年に明徳出版社から発売された。題して『青厓詩存』という。線装二冊で「巻十」に「論詩十首」があり、蒼海、湖村両詩人の詩を交互に論評している。

国分青厓

入社と共に湖村が終生かかわりのあった陸羯南は、旧津軽藩出身で弘前の人。安政四年（一八五七）生まれ。名は実、父は津軽藩士中田謙斎、次男であった羯南は創姓して陸と称した。明治二十一年に新聞「東京電報」を刊行し、同二十二年に改めて新聞「日本」を起し主筆兼社主となった。国民主義を堅持する気概ある政論家として声望高く言論界の一方の雄となった。その後援者には杉浦重剛、三宅雪嶺、高橋健三、谷干城らがいた。信義に篤く、当時下谷区根岸で軒を接して暮らしていた病弱の子規には公私にわたり手厚く保護を加え、子規も死に至るまで羯南を頼りにして過ごした。

しかし時代の推移と共に新聞「日本」にも経営困難の状況が生じ、明治三十九年六月、羯南は自らの病気と新聞経営の不振を理由に「日本」を他人に譲り渡し、鎌倉に退き同年九月に世を去った。享年は五十一であった。墓は都内の染井霊園にあるが、その土中に納めた漢文体の墓誌の撰文並びに書は湖村であり、墓上の碑文の撰文と書は青厓である。

いま、湖村による墓誌拓本とその訓読文とを左に示しておく。

陸君墓誌
君諱實字某幼字巳之太郎號羯
南中田謙齋第二子自冒陸氏陸
奥國中津輕郡清水邨人安政四
年十月十四日生明治四十年九
月二日歿年五十一友人諡曰文
正院介然羯南居士葬于東京染
井塋域室今居氏有一男七女男
夭養内侄四郎爲嗣銘曰生有文
死有墳吁陸君吁陸君

君諱（いみな）は實、字は某、幼字は巳之太郎。羯南と号す。中田謙斎の第二子なり。自ら陸氏を冒（おか）す。陸奥国中津軽郡清水邨の人。安政四年十月十四日生まれ。明治四十年九月二日歿す。年五十一。友人諡（おくりな）して文正院介然羯南居士と曰ふ。東京染井の塋域（えいいき）に葬る。室は今居氏。一男七女あり。男は夭す。内侄（ないてつ）四郎を養ひて嗣となす。銘に曰く

生れて文あり　死して墳あり　吁（ああ）陸君　吁陸君

なお、「日本」時代に羯南によって提唱された羯南周辺人士の懇親会に「長清会」があり、その元締として運営に当ったのが湖村であり、活動の中心は湖村の寄寓していた上野山内寛永寺の元光院にあった。集まった

人々の姓名は浅井忠、三浦梧楼、三輪信太郎、磯野徳三郎、平坂閑、松永彦左衛門、池辺三山、三宅雪嶺、国分青厓らであり、当時における羯南、湖村らの交友圏の人々がどのようなものであるかを知ることができる。

附一　羯南の伝記については次の二書がある。

○有山輝雄著『陸羯南』（吉川弘文館　二〇〇七年五月刊）

○松田宏一郎著『陸羯南――自由の公論を代表す』（ミネルヴァ書房　二〇〇八年十一月刊）

附二　羯南も漢詩の作品を残し、現在「全集」第十巻に収める。羯南と同時代の漢詩人との交流、羯南漢詩紹介については、村山吉廣「陸羯南と漢詩――同時代漢詩人との交流」（『陸羯南会誌』第四号　平成二十六年三月刊　弘前市陸羯南会刊）がある。

六、「日本」文芸欄での活躍

新聞「日本」は明治二十二年二月十一日の創刊である。その日は当時、日本の紀元節（建国の日）であった。発行所は神田区雉子町三十二番で、現在の千代田区神田淡路町に当る。「日本」という標題の下に「年中無休刊」と記し、年中一日も休むことのない日刊紙である。但し、筆禍により、繰り返し「発行停止」処分を受けている。「創刊の辞」には「一定の義」に従うという宣言があり、政党機関紙や営業新聞と異なる自立の主張を持つ新聞であることを誇りとしている。

主筆の羯南の周辺には杉浦重剛、谷干城、浅野長勲、千頭清臣、古荘嘉門、高橋健三、三宅雪嶺、池辺三山ら、学界、政界、言論界の多彩な人々がいて支柱となっている。論説陣には羯南のほか杉浦重剛、福本日南、長谷川如是閑らが次々登場している。「言論の府」を以て任じているので、連日硬派の政治論が巻頭を飾り、今日の新聞のような社会欄、家庭欄、娯楽欄などはない。ただ「趣味欄」というべきものには「文苑欄」があり、それぞれ週に二度位ずつ現れて彩りを添えている。のちには人生相談の記事も取扱われることになった。

「文苑欄」は漢詩欄ではあるが、時として和歌も出している。しかし和歌には本来これとは別に専門の「はなかがみ」という欄があった。「俳句欄」は湖村と同時に入社した正岡子規の独擅場で子規は選句のほか、「歌よみに与ふる書」「与謝蕪村」「病牀六尺」「墨汁一滴」などを続々と連載し、これが明治文学史上に光彩を放つ短歌・俳句革新運動の場となったことは名高い。収入源としては多くの広告欄があり、天賞堂・鳩居堂などの商店や薬の広告、各種私立学校の広告、出版物の広告などがあり、当時の社会の一端を知ることができる。

漢詩欄は「文苑欄」のほかに「評林欄」があり、当時「日本」の売り物の一つとなっていた。これは太白山人国分青厓の一人舞台で、週に何回も掲載され二面乃至三面の右肩に掲げられた。題は常に三字で、例えば「唯射利」「変成海」などとあり、顕官の不正などをはげしく叩く内容に終始したもので、その体は「評林体」の名を得たが、新聞はこのため、発禁を繰り返すこととなった。青厓はここでは署名する時は冷眼子、冥冥子、憂天生、烏有先生などさまざまな号を使っている。

「文苑欄」の漢詩は青厓と本田種竹が担当していた。種竹は徳島の人、名は秀、通称幸之助。家は商家であったが漢学に志し江馬天江、富岡鉄斎らと交わった。官途に就き東京美術学校教授（歴史）などをつとめた後、明治三十七年七月以後は「自然吟社」を主宰して漢詩人として過ごした。著に『懐古田舎詩存』がある。

漢詩欄には毎回二〜三人の作品が掲載される。詩体はさまざまである。登場する人々は当時の有力な漢詩人で、岡本黄石、小野湖山、向山黄村、高雲外、亀谷省軒、野口寧斎、矢土錦山、田辺碧堂、森槐南、依田学海、服部擔風、田辺松坡、松平天行、牧野藻洲ほか、いずれにしても大家、中堅、新進の錚々たる顔触れであり、当時、いかに漢詩が社会的にもてはやされていたかを窺わせるに十分である。時として中島斗南、大作桃塢など、必ずしも名の知れ渡った人でない詩人の作品も発表されることもあった。

湖村の東京専門学校の卒業は明治二十五年六月であるが、先に触れたようにその前年から「日本」にかかわりを持ち卒業と同時に入社している。その名が「文苑欄」に初出したものと思われるのは明治二十五年七月四日の左に掲げる五言十六韻の「天王寺に遊びて浮図に登る 四十六韻」である。評者は矢土錦山と国分青厓の両者であり、それぞれ次のように述べている。

○錦山曰く「莽莽蒼蒼、確として是れ大家の手段なり。但だ、昌黎の南山篇を学ぶの処あり。（中略）稍や空同に逼る。恨むらくは青厓山人をして之を評せざらしめざるを」（原漢文、以下同じ）

○青厓山人曰く「湖村近ごろ柑園と空同集六十六巻を手写、殆どまさに業を卒らんとすと。精力既に人に過ぐ。その詩の日に進むこと怪しむに足らざるなり」

両者ともすでに湖村のよき理解者であるが、一月前に学校を出た新進の湖村の詩を「文苑」に登場させ揃って激賞を与えていることは一般には稀な扱いであり、湖村の学殖と資質が早くも高く評価されていることを知ることができる。なお『空同集』は明の李夢陽の詩集である。

同年年末十二月三十一日の「文苑」には湖村の「歳晩感懐四律」が登載されている。いまそれを左に掲げておく。

歳晩感懐四律　　　　桂　湖村　五

白屋硜硜校魯魚。寂寥眞似子雲廬。虚名我愧居牛後。勤學誰能課雪餘。四壁鳳鳴修竹響。一庭龍臥老松疎。

明窗拂拭烏皮几。靜讀寧人論學書。

不從流輩銜浮華。錐股將期讀五車。漢代文章推賈氏。晉時詞賦屬陶家。留心須擬啣蘆雁。附註多爲畫足蛇。

觀至淳熙嘉靖後。唯朱秀水較儒些。

聖經微旨在歸常。那必紛紛問漢唐。八卦乾坤無禍福。百年天地有行藏。程朱學術淵源遠。李杜文章光燄長。

踏破案頭書萬卷。開窗笑看暮山蒼。

長安風物入殘年。九陌齊颺萬井烟。嗟我獨無消臘策。就誰將借買書錢。寒雲故國飛鴻外。老木孤城返照前。

悵望亂山攢劍戟。何當彭澤賦歸田。


森槐南曰、四篇雖題曰歳晩感懐、其寔論道統。審學派、聊借以一吐腹中書卷氣耳。顧句字修整嚴飭。不入定山白沙腐語。仍爲才人之筆。斯尤難得。

龍門隱士曰。有識見。有氣魄。四首足以見湖村抱負之大。李天賜詩。雄鷙勁遒。睥睨萬古。而不免時有粗豪虛憍之氣。湖村尸祝空同集。若能去粗豪、除虛憍、則其所謂、有不可測焉者。予曾有朱王學海深遠海。李杜文章炳日星之句、與第三首五六暗符、亦可謂奇矣。

右にあるごとくこれには森槐南と龍門隠士の評が附いている。いま槐南の評を訓読して示しておく。

森槐南曰く、四篇題して歳晩感懐と曰ふと雖もそれ寔(まこと)には道統を論じ学派を審らかにす。聊か借りて以て一たび腹中書巻の気を吐くのみ。顧みるに句字の修整厳飭にして定山・白沙の腐語に入らず。仍ほ才人の筆たり。斯れ尤も得難し。

定山は荘定山、白沙は陳献章。共に明儒で朱子学から陽明学へ傾斜した学者である。

ついで、二十六年一月一日にも前日にひきつづき、「癸巳元旦恭賦」七絶三首が文苑欄を飾ることとなる。これには青厓の評がある。湖村の詩中に字間の空いているのは、その下に聖明、竜蹕、至尊など天子にかかわる文字があるためである。詩に評点として「〇」「、」の附せられているのは評者の加えたもので、佳句を意味することは言うまでもない。

癸巳元旦恭賦　　桂　湖村　五

漏鼓閶闔門闔開。朝天車馬拂塵來。九重韶樂皆純雅。萬國衣冠盡異材。日上旌旗光愈麗。風搖楊柳綠初回。

金甌無欠漢家業。會有詞章以賈枚。
鳳凰宮殿鬱岧嶢。衞府親軍肅不驕。北極星辰近紫闕。西方使者謁皇朝。金湯自古山河壯。文物爾今雲漢昭。
傍看鳳門旗纛影。芙蓉白雪照青霄。
歳在昭陽天地新。頌歌齊唱　聖明仁。往時　龍躍臨青海。昨日鳳凾降紫宸。元祐院員何樹黨。熙寧廟謨豈無人。鹽梅鼎鼐大臣事。莫使　至尊憂萬民。

　青厓曰。莊重如此。典雅亦如此。可以歌堯仁。可以謠舜德。第三首後半。寓規於頌。尤見詩人忠厚之旨。元旦作。非此不稱。激賞之餘。直收録以置於『日本』文苑首。

いま、湖村の詩の第三首とそれにつづく青厓の評とを訓読文にして示すこととする。

歳は昭陽に在りて天地新たなり　　頌歌斉唱　聖明仁なり
往時　龍躍青海に臨み　　昨日　鳳函紫宸に降る
元祐の院員　何ぞ党を樹つるや　　熙寧廟謨　豈に人無からんや
塩梅鼎鼐は大臣の事　　至尊をして万民を憂へしむる莫かれ

　青厓曰く、荘重此の如し。典雅も亦た此の如し。以て堯の仁を歌ふべく、以て舜の徳を謡ふべし。第三首の後半、規を頌に寓し、尤も詩人忠厚の旨を見る。元旦の作、此に非ざれば称はず。激賞の余、直に収録して以て『日本』文苑の首に置けり。

これは抜群の激賞である。なお、詩題下、湖村の名の下に「五」とあるのは、名の五十郎の意。湖村の作品は翌一月二日にも次の「短歌一篇送別」七律一篇が掲載される。

短歌一篇送別　　　　　　　　　　　　　　桂　湖村　五

長風颯颯振古柏。大星無焰暗廣陌。是時置酒高館中。銀燭耿耿照筵席。坐客按劍起彷徨。鐵撥彈櫓如裂帛。爲君唱罷古別離。少年一夜頭欲白。

この詩については次に掲げる森槐南、野口寧斎、国分青厓三大家の評が付されている。

槐南曰、李空同送李帥之雲中詩云、黄風北來雲氣惡。雲州健兒夜吹角。將軍按劍坐待曙。紇干山搖月半落。槽頭馬鳴士飯飽。昔爲完衣今綉襖。沙場緩轡行射雕。秋草滿地單于逃。此首氣格約略似之。

寧齋曰、湖村君才靈腕敏、氣魄稱之。聞前日手寫空同全集。其所嚮往、亦可知也。此篇奥峭奇勁、豪則不俟言。魚龍欲起舞。天地相低昂。可以移贈。

青厓曰、近世之詩、非不佳、非不巧。惜其生新蹇澀。概乏聲調。故求其可諷誦者、十不得一。湖村短古、忼慨悲壯、純是激楚之音。讀者不卒篇、而眦已裂矣。予好湖村詩。尤諷誦古詩。以其高超越于流俗。

以下、日を追って掲載詩題を列記すると次の如くである。

一月　七日　「臘月二十八日登凌雲閣」（七言律詩）
二月　十一日　「小金華歌、青厓山人嘱」（用柏梁体）（七言古詩）
三月　三日　「遠征将軍投胡窟歌」（七言古詩）
三月　六日　「景雲明徳広及也、丹書一降、官民相和也」（四言古詩二首）
三月　十六日　「詠懐五百五十首、呈副島蒼海先生」
三月　十八日　「遠征将軍勒石歌」（七言古詩）
三月二十八日　「将遊杉田、青厓先輩有約不来」、「随青厓先輩、同柑園観菊杉田五首」（七言絶句）
四月　六日　「鎌倉懐古」三首（七言絶句）
四月　七日　「晨歩出城門」（五言古詩）
四月　十八日　「送松永聴剣之北海」（七言律詩）
四月二十四日　「超碓氷嶺」（七言古詩）
十月二十三日　「間瀬邨山居詩四首」（七言古詩）
十一月二十日　「為黎受生太守嘱題蕭太夫人稲畦芸菜圖」（七言絶句二首）

以上のごとく活発に活動していた湖村は、以後、明治二十七年から二十九年まで作品を発表することなく終わっている。ところで、二十九年十二月十六日、「日本」二六〇七号二面「文苑欄」には、四年間にわたり「文苑」の撰者だった本田種竹が辞任して、代わって国分青厓と湖村とが担任になるという告示が出され、これを受けて青厓の湖村と共に、以後、任に当るという挨拶の文章が記されている。それを左にかかげておく。

○敬告江湖諸彦

幸承乏日本文苑主任。四葛裘于茲。江湖諸彦、不棄幸菲才浅識。毎恵盛什。崑玉滄海珠。使紙上頓生光彩。感謝曷禁。今俄辞任。有不可已之故也。自今以後、以国分青厓桂湖村、代幸為担任。江湖諸彦、仍旧賜青顧。幸甚。

丙申臘月　　本田　幸　拝識

『日本』之創刊也、羯南使予掌文苑。予性懶慢。往往曠任。後囑種竹山人、専当其事。種竹交游極廣。自公卿縉紳、以至方外閨秀林泉之逸巌穴之士、莫所不訪求。採擷菁華、剪汰榛楛、閲詩縝密。下評精審。而拮据勉勵四年之間、未曾見有倦怠之色。劉勰有言、虎豹無文、則鞹同犬羊。犀兕有皮、而色資丹漆。使『日本』文苑、彬彬乎頓改其觀者、種竹之力也。嗚呼、種竹之去、予安得不惘然乎。種竹菘辭。薦桂子湖村、曰、湖村年壯氣鋭、卓有所樹立。而世未或之知也。予與羯南、亦交勸湖村。湖村固辭不受。強而後諾。顧予之放縱、不能如種竹之縝密。予之疎率、不能如種竹之精審。予之懶慢、尤不能如種竹之拮据勉勵。則簡揀品騭之勞。専不得不望之湖村。雖然、鼓吹休明。揚扢風雅、詩人之事也。予之駑駘、亦不敢致力于斯平哉。

柔兆涒灘涂月中澣　　　　　　　　　　　青厓山人高胤識

右に本田幸とある幸は種竹の通称幸之助の略。青厓の一文の日付「柔兆涒灘涂月中澣」は十二月十六日を指す。青厓は種竹が去るに臨み湖村を推し、社主羯南と共に湖村に勧めたが、中々固辞して受けようとしなかったというういきさつを記している。

以後、湖村は「文苑」に作品を発表することはなく、世上多くの漢詩人の作品を登場させ、それに「湖村小隠曰」の文字の下に評語を加えることをつづけることとなる。

例えば、三十年二月一日の「文苑」には次のようにある。

鼓浦途上　　　　　　　　　　服部擔風　轍

海上仙人抗手招。十洲三島豈知遙。萬松風遞鼕鼕響。寒鴉斜陽鼓浦潮。

湖邨小隠曰。起手有縹渺憑虚之意。結末蒨麗可喜。

聽香庵分字得仙

潮音松籟寺家前。廣樂風飄鼓浦天。來說詩禪三昧妙。滄浪回首即金仙。〔寺家鼓浦共伊勢地名〕

湖邨小隠曰。生趣盎然。詩亦入三昧。

宿松濤館、追悼卯齋先生、賦似晴濤

世家文教要支持。一去人琴倶可悲。今日助君風木成。慈鳥啼上古松枝。

湖邨小隱曰。下一助字。籔陳榮新。見才雋腕敏。

二十二年二月には次のようにある。

謁三峯山祠　大橋豹軒　虎

古廟千山上。鬱葱喬樹林。天空平磴下。地氣宿廊陰。畫閣丹青落。繡簾竜虎沈。夜來清警發。宏殿一鐙深。

湖邨小隱曰。豹軒詩、動墮講學習氣。此篇雅麗高華。令弘正諸人不得擅美。駸駸乎風雅之道哉。

この「評語」の活動は明治三十五年の年末近くまで続き、それで終止符を打つことになる。後、湖村は十年あまりかかわりを持ったこの漢詩壇を離れ教育界へ身を転ずることになるからである。

七、早稲田大学の教壇に立って

明治二十五年六月に東京専門学校を出た湖村が卒業前年あたりから「日本」にかかわりを持ち、やがて社員となりその「文苑欄」に盛んに作品を発表し優秀な漢詩人として広く知られることになり、三十年以降は評者として三十五年ごろまで紙上に健筆を振るったことは既に記した。

しかしこの間、湖村は陸羯南との関係から陸が近衛篤麿・白岩竜平・福本日南らと共に対中国文化団体「東亜同文会」ともつながりが生じ、中国人留学生の教育に当ったり、使命を帯びて大陸に渡り図書の購入を試みたりしたようである。また、明治三十一年（一八九八）に中国で戊戌の政変に失敗した康有為・梁啓超が十月に東京に亡命してくると、大隈重信がこれを牛込鶴巻町にかくまったため、湖村は大隈の依頼を受けてこの両亡命者との折衝に当った。またやや後年になるが、同文会が日本人学生のために私立の目白中学校を小石川目白台に設立すると湖村もここに出講して漢文を講じた。同校には歌人の木下利玄、国語学の金田一京助、哲学者紀平正美なども講師として名を連ねている。

また、早稲田大学に採用時に提出した湖村自筆の履歴書に依ると、「明治三十年、東京市小石川原町哲学館ニ於テ漢文講義ヲ担当ス。于今勤務中」の一項がある。

康有為の書
（鈴木義則氏蔵）

哲学館は現在、文京区白山にある東洋大学の前身である。東洋大学の記録によると、湖村は大正七年（一九一八）まで在職し、国語・漢文を担当し、『詩経』『老子』『荘子』『孟子』について講義している。就任に当っては勿論、館主井上圓了の要請を受けている。『湖村雑録』にそれに関する一条がある。それによると圓了が訪ねて来て依頼する折、圓了は湖村と同郷であること（湖村は葛塚、圓了は三島郡越路村）と湖村の堂兄秀馬（七代誉重の六男）が圓了と東京大学の同期であることを挙げて縁の深さを説いている。秀馬は東大医学部を出ており外科手術学の権威で宮内省侍医ともなっている。はじめ湖村は固辞したが三度訪ねて来てついに承諾したと記している。

哲学館の門人には長沢玄徳、菊池敏彦、武市定七、足利衍述らがおり、長沢は寛永寺津梁院にあって寛永寺門跡、菊池は開成中学校の有力者、武市・足利両人は、早くから湖村の大著『漢籍解題』の執筆の助手として協力している。

早稲田大学の教務部記録によると湖村は「明治三十五年三月就任」とあり、二十五年に東京専門学校を出てから十年ぶりに母校に戻って教壇に立つことになったのである。講義として担当したのはもちろん漢学関係の科目であったが、これは主として高等師範部と文学部とで行われており、湖村ははじめは高等師範部の教授となった。文学部には未だ支那哲学科、支那文学科というものはなかった。しかし、もちろんここでも漢学関係の講義は重んじられていた。

三十六・三十七年度の科目では、高師部・文学部とも「漢書解題」「唐詩選」「蒙求」「作詩」があり、四十年度では「楚辞」「老子」「荘子」「荀子」「杜詩」「文選」などの講義のほか「作詩作文」「詩賦必読」「支那文学史」「和漢官職制度」「詩格研究」などの題目も加えられ、文学部では「礼記」「易経」なども講じられた。正式に教授に嘱任された記録は、高等師範部で大正十三年九月、文学部で昭和四年五月であった。

同時代に早稲田の漢学方面で湖村の先輩乃至同僚に当る教授には牧野藻洲、松平天行、菊池晩香らが著名である。

牧野藻洲は名は謙次郎、号は藻洲のほか寧静斎、愛古田舎主人。生年は文久二年（一八六二）で湖村より七歳年長である。四国高松の人で家は高松藩儒。大阪に出て藤沢南岳に学んだ。『日本漢学史』などのほか、『墨子国字解』は名著の誉れが高い。漢詩人としてよりも漢文の文章力で知られ、作品集に『黙水居随筆』『寧静斎文存』などがある。

右から　牧野藻洲・松平天行・江戸文学の山口剛

松平天行は名は康国、別号破天荒斎。江戸の人。文久三年（一八六三）生まれで、藻洲より一歳若く湖村より六歳年長。東京大学予備門で英語を学んだ後、アメリカに渡りミシガン大学で政治法律を修めた。帰国後、袁世凱に招かれて清国に赴き、直隷総督張之洞の政治顧問をつとめた経歴もある。詩文はつとに儒者堤静斎、三島中洲に学び、早稲田に招かれてからは専ら詩賦を講じた。詩文に巧みで『天行文存』『天行詩存』

があり、犬養毅、宮島詠士らと親交があり、岡山県庭瀬の木堂生家に建つ「故内閣総理大臣犬養公之碑」は天行の撰文、詠士の書である。

菊池晩香は通称三九郎、名は武貞、和歌山県有田郡栖原（すはら）の人で、幕末明治に名を馳せた菊池海荘の養嗣子。生年は安政六年（一八五九）で湖村より十歳年長。大正十二年に歿している。才気あり、著に『淮南子国字解』ほか『談欛』などがある。晩香は不幸にして大正大震災後に世を去ってしまったが、牧野・松平・桂の三教授は明治・大正・昭和にわたり漢学者として重きをなし、揃って早稲田の教壇に立ち盛んに著作もして世に出したので「漢学の盛んなること早稲田にあり」として 世に「早稲田漢学」の称さえ起こるに至った。桂は虚名を嫌い黙々として教学に従い育英に努めた。在りし日の面影については親しく教えを受けた故大野實之助（文学部教授）に次の一文がある。

> 桂湖村は真摯な学究の人であると同時に詩文の人であった。筆者は高等師範部で「老子」「荘子」などの講義を受けたが、当時先生はまだ六十歳余りの年齢であったと思われるが、しかし白髪痩躯七十歳を超えた老大家のように感じられた。三十数年の久しきにわたり老荘を講じられていたためであろうか、その容貌までが仙人の趣きがあり、とくに先生の頭の形が一種独特の風韻をただよわせていた。（中略）
>
> 五十年も昔のことであるが、桂先生は人力車を利用され、教室で講義される間、人力車夫は車台に腰を下ろして煙草を吹かし先生の講義の終わるのを暢気（のんき）に待っていた光景が今なお歴然として脳裏に浮かんでくる。

筆者はかつて桂先生を訪問したことがあった。その時、桂先生が言われた。「今日はカヒがいないので、お茶も差し上げることはできません」と。先生のことばの「カヒ」という語がすぐその場で理解できず、後になって考え、それが「下婢」であり、意味が女中であることに気づいた。さすがに学者なる故にこのような語が自然に出てくるのであろうと感心させられた（下略）

この一文は別冊「太陽」29「早稲田百人」（一九九七年十一月刊）に収められたものである。

八、学究としての著述活動

湖村の著述としてその名を高からしめているのは何と言っても『漢籍解題』であろう。この書は明治三十八年八月に第一刷を刊行して大正八年八月には七版を印刷刊行している。

当時の奥付では著者桂五十郎の住所は小石川区林町百二番地、発売元は神田区錦町の明治書院、発行者は三樹一平である。戦後は名著刊行会や有明書房刊の複製本も出版されている。かつては大学図書館、中国学関係研究室必備の事典の一つであった。本文九八〇頁、序・凡例四二頁、索引七六頁の大冊である。湖村四女故丹藤寿恵子の『実録　文豪森鷗外』の中の記述によると、湖村は長善館に籍を置いていた若年のころから中国の有力書店から目録で次々と書籍を取り寄せてそれらを類別し、早くも『漢籍解題』の心づもりをしていたという。たしかに刊行の明治三十八年は早稲田に職を奉じて早々でもあるので俄に書き上げたものではない。先に挙げた『湖村雑録』にも哲学館の教え子武市定七、足利衍述とが助力してくれたと記してあり、この書の序でも「二子」の労を少なからずとしているから協力関係も幸いしているであろう。

言うまでもなくこの書は中国学に志す人々が必要とする古代から近代までの中国の各種の典籍について、部門に従って分類しそれを時代順に配列したものである。それらに各篇を作者・題名・伝来・体裁・評論・注解・参考にわたって記述、それぞれが簡単な漢文書き下し文で説明されている。部門による分類は中国書誌学の体にならって経・史・子・集と政法・地理・金石・目録・小学・修辞・類書・叢書の十三門となる。

評論は各篇に付いているわけではないが、その書についての湖村の見方が示されていて興味が惹かれ参考となる。例えば清の顧炎武の『亭林詩集』での［評論］では、

炎武は力を学に専らにし、自ら詩人を以て居らず。而して其一たび発して韻語となすれば則ち詞必ず己より出で絶えて前人を踏襲せずして、自ら矩度に合す。遒勁の気、専家の及ぶべからざるものあり。沈徳潜の之を評して以て第二流の人と作らずといへるは当れり。

次に刊行されたものに『歴代漢詩評釈』がある。明治四十三年八月、早稲田大学出版部の刊である。全六七七頁。「緒言」に「余が歴代漢詩評釈の稿を起ししは今より八九年前にして之れを当時の早稲田大学文学科講義録に連載したり」とあり、これも早稲田に戻って間もなく稿を草したものである。「歴代」と銘打っているように『詩経』から「清詩」まで歴代の詩を挙げて次々と評釈し清末の孫衣言に終わっている。どの詩も

「字解」がくわしく「詩評」が貴重で、古いけれども依然として有益の書である。「緒言」の末に「余が此の書を成すに当り京都大学助教授鈴木虎雄、東洋大学講師足利衍述の二君子を労せること多し」と記されている。ここにも師弟同行の跡を見ることができる。

次に挙げるべきは「漢籍国字解全書」所収の諸書への執筆のことである。この「全書」は全四十五冊、早稲田大学出版部編刊で、明治四十三年（一九一〇）から大正六年（一九一七）にかけて行われた一大事業である。はじめは「先哲遺著」と角書（つのがき）を施し、熊沢蕃山、中村惕斎など江戸時代の儒者の国字で書かれた注釈を活字化して載せることから始まったが、十八巻以後は菊池三九郎、牧野謙次郎、桂湖村、松平康国ら早稲田大学諸教授による新たな中国古典の注解を世に送ったものである。当時の読書界の期待に応え、どの巻も好評で版を重ね、事業としても功を奏している。

はじめの「先哲遺著」につづく、新たな注解は「続編」とされ、その後に更に「後篇」が加わった。湖村はこの両編に関係し次のような著述を次々と手がけている。

『荀子国字解』上・下（明治四十四年九月・十二月）
『礼記国字解』上・下（大正三年六月・十一月）
『十八史略国字解』上・下（大正六年一月・三月）
『国語国字解』上・下（大正六年五月・八月）
『蒙求国字解』（大正六年十一月）

『論語證解』上・中・下（昭和四年一月〜八年五月）

『史記国字解』一・二（大正八年六月・九月）

これらは国字解から通釈まで丁寧な講義調で読者に寸分も疑いのないように説明を尽して記されている。講義は平易を旨とし詳細を極め、立説には諸家の説を広く参看して公平を期している。そのため、どの巻も分量が多く読みごたえがあり有用のものとなっている。その上、巻頭には各巻におおむねほぼ百頁に及ぶ「叙説」があり、優に一篇の研究論文に当るものとなっている。

参考までにその『論語證解』に付された「叙述」の「目録」を掲げておく。

論語證解上目次

なお、湖村にはこのほか鈴木虎雄との共著として『漢詩評釈』（正・続）『評釈支那詩文』の二著がある。もと「東京専門学校文学科講義録」のうちにあったもので、早稲田大学出版部刊となっているが、刊記がないので刊行年代不詳である。

鈴木虎雄は先にも記したように、湖村が若くして新潟にいたころ籍を置いた長善館時代に、近くの小学校で教えた児童の一人であり、成人して上京後は湖村と共に新聞「日本」にも入ったが、のち湖村に誘われて早稲田の教壇に立ったこともあった。後、京都大学教授として中国文学を講じ、漢詩人豹軒先生の名も高いが、最後まで湖村の愛弟子であり湖村への「悼詩」も残している。

他の湖村の著書には『唐詩選釈』『評釈支那詩文』『漢籍研究次第』があるが、いずれも早稲田大学出版部刊で刊記がない。

九、周辺・趣味・晩年

湖村が森鷗外の「漢学の師」であったことは、一般の人は別として研究者の間ではよく知られていたことであり、鷗外晩年の記録「委蛇録」に交流の一端が書き留められている。両者の交流については、当事者の家族の一人である湖村四女の丹藤（にとう）寿恵子氏（故人）に『実録　文豪森鷗外』という著書があり、この本は「鷗外森林太郎高湛と湖村桂五十郎祐孝」という副題が付いている。その中に次のような一節がある。

森鷗外博士が父に入門されたのは、大正四・五年頃のようである。西園寺公とは雨声会の折に知っているので、やはり公の依頼によるものかも知れない。最初は博士の方からばかり訪問されているので父はお断り申上げたようである。ある年、年忌法要で帰国した事があり、その留守に数度博士が訪ねられたことがあり、帰宅後、父が知って始めて観潮楼に向っている。「委蛇録」には右のことが記されており、その訳は当時、鷗外は図書頭として天皇陛下から漢詩を出すようとの御命令があり「正調の漢詩を」という御希望の為と思われる。「委蛇録」には博士と父との面会は三十回程度に数えられるけれども、書簡の往復はかなり多かったようである。

毎年、大晦日の午後には必ず年末の挨拶に博士自身が見えられ、又、元朝は書生が袴を着け終らない頃の早朝に博士が又礼服姿で年賀に見えられていた事に、父は非常に感じ入っていた。

丹藤寿恵子 著『実録　文豪森鷗外』表紙

なお、森家の依頼により、鷗外の亡くなった時、戒名は湖村が選んでいる。「貞献院殿文穆思齋大居士」がそれである。

丹藤氏の伝えるところによると、湖村は明治二十年の末ごろから鷗外以外にも有力者からの講義の依頼を受けて多忙でもあったようである。丹藤氏は次のように記す。

西園寺公望公が組閣されておられた頃、その御依頼により後藤新平伯、犬養木堂翁、細川護立侯、前田利為侯、木下利玄子、大河内政敏子等に漢籍、漢詩の評釈に毎週土・日曜の午後に伺っていたが、とりわけ前田侯邸では毎回家付の漾子（なみこ）夫人がおもてなしに出られて熱心に父の講義を聞き入っておられたという。

これより先、新聞「日本」の時代からかかわりの深かったのは子規と天田愚庵であり、三者の交流は名高い逸話がある。それはいわゆる「柿の歌」の話である。

愚庵、姓は天田（あまだ）、名は久五郎。磐城の平藩の人で戊辰の時、父母、妹と生き別れし、一生その跡を尋ねる旅をしている。山岡鉄舟の世話で一時、清水次郎長の養子となったが、のち出家をして京都清水の産寧坂に愚庵という庵を作って暮した。庵はのちに郊外に移っている。漢詩も和歌も作り、漢詩は新聞「日本」にも何回も掲載され湖村の「評語」が加えられているが、ことに反響の大きかったのは「愚庵二十勝」の連作であり、「日本」の文苑では以後、しばらく「二十勝」ブームが起り「豪徳寺二十勝」という投稿まで現れている。「日本」社主の陸羯南も愚庵を重んじていたが、湖村は十四歳年少であったので、愚庵と兄弟の如く親しみ、長期にわたり愚庵に泊まって共に過ごし漢詩や和歌に就いて語り明かすのを常としていた。両者は明治期における万葉和歌提唱者でもあり、子規の万葉讃美はこの両者の影響によって醸成されたとされる。

有名な柿の歌とは、ある時、京都の愚庵のもとから湖村に託して病中の子規に柿を送ったところ返事がないので、愚庵がこれを湖村に告げてその返歌を求めた。それにより子規から愚庵宛に送られたのは次の歌である。

清水の愚庵のぬしよ送り来し柿のうまさはわすられぬかな

あまりのうまさに文書くことぞ忘れつる心あるごと思ひぞ吾師

原作には湖村の添削が大きく加わっているとの説があり、これが子規の万葉開眼の一つとなっているとされる。なお、湖村は歌では雷庵と号した。

なお、明治二十八年に愚庵と湖村とは「大和めぐり」の旅をし、佐保川で連歌を作って記録を残している。

歌人としての湖村を伝うるべき資料に、昭和十一年三月二十三日、湖村の季子で当時東京大学学生であった多助が日本アルプスの白馬岳で遭難し、共に登った京大生とともに所在不明となった時の湖村の長歌がある。それを次に掲げておく。

愚庵像と編者

父湖村の歌える

真幸くも疾く帰り来と曰ひし児の、今日も帰らず何ち行くらむ。にきびにし汝を思ふ時は奥山の、たきつを知らに意気の緒に思ふ　かく計り、もとなぞ恋ふる白雪の降り敷く山を越えけむ汝に。門の戸を風の敲けば返り来ぬ汝が帰り来と思ひけるかも。ここしかる岩根さぐくみ体練り心ねらまく告りし汝れこそ。薦敷かぬ小舎のしき舎に宿りせず巌根し枕きて命死にけむ。汝が父は手足萎えたり龍神の健り立つべくたのみし汝れを。吾子よ吾子よただに去にしか汝が身こそ国に尽せと教えけらずや。玉の緒の長くありせば氏の名を振い起さん汝れにありしを。巣立ちゆく、学びの檐の児雀の雪崩の雪に埋もれけるはや。君の為死ね、と教へし汝にしあれど雪に死ねとは教へずありしに。汝が面輪まなかひに立ち、汝がいろ音耳根に残り今もあるごと。心痛きことに百度遭ひし時泣かざりし我は泣きぬ汝故に。うつせみの世とは知れどもいとし子に別れし日よりいよいよ空しき。

翔為天翔行汝魂者天乃足世於常世丹母賀裳（ツバサナスアマカケリユクナガタマハアメノタルヨヲトコヨニモカモ）

両人の遺体はその年の七月に発見され、東大・京大両山岳部合同葬が営まれている。

歌人としての湖村について、他に書くべきことも少なくないが、ここではあまり触れないでおく。資料はかつて桂家に多く残されていたようである。

次に湖村の趣味として囲碁と美術品の収集・鑑定があった。さきに記した陸羯南を中心とする当時の文化人の交流団体「長清会」は、湖村が寄留していた上野寛永寺の元光院で碁好きの湖村と院主黙隠の手合わせに始まり、次第に同好の士がここに集まることになったものである。湖村が幹事役となり規約を作って長く続いた。

美術品の趣味は生家の桂家の蔵に代々の美術品が豊富に蓄えられていたことから嗜好が自然に生まれ次第に深くなり、鑑定眼も確かとなりやがて美術倶楽部から毎回迎えが来て鑑定を依頼されるまでに至った。湖村自身も明治四十年代に政府の命により、中国・朝鮮の美術調査に赴いて知識を広げている。

桂湖村陶磁器コレクション　風入れ風景

このように充実した日々を過ごしていた湖村であるが、昭和五年に至ると体調不良のため、大学に休職願いを提出しその四月から休職扱いとなって過ごすこととなった。ちょうど六十二歳のころである。病気は『湖村雑録』には「風患翁」と白ら名乗っているように「風疾」、いわゆる「中気」で、現在の脳梗塞に当る。但し『湖村雑録』は口授して残し、今回の『湖村詩存』（『湖村先生詩集』）も左手で校正しているから或る程度の元気は保たれていたのであろう。最後は五女の與年氏が京都で医師をしていた指宿氏に嫁していたことから京都の指宿家に移り、そこで亡くなっている。昭和十二年四月三日のことであり、享年七十一。

いま、次に掲げるのは同年四月八日に行われた葬儀で当時の早稲田大学高等師範部長原田實によって捧げられた弔詞である。原田は教育学者として名高く、いち早くエレン・ケイの「児童の世紀」を翻訳し、子供の個性尊重を説く新学校運動などを展開した人である。

弔　詞

早稲田大学高等師範部教授桂五十郎先生の英霊の御前に謹で哀悼追慕の衷情を捧げます。俄に先生と境を異にしたゞ痛歎心迫るのみで、殆どお悔やみの言葉に窮するのでありますが、今茲に御霊位を拝しました御肖像を仰ぎまして更に一段と感慨の無量なるを覚えるのであります。

先生その学深遠その識高邁、その志雄勁、年少にして能く学界操觚界に頭角を擢んで、夙に聘せられて我が学園の教授に従ひ年を重ぬること殆ど四十年、その間多数の学徒を誘掖指導せられたるは勿論、不朽の著作によって学界に貢献し、従つて功績大いに顕はれ、今や我が学園長老教授の一人として蔚然内外の信望を集められて居りました。先生には近年往々健康を害はれ、密かに御案じ申上げた場合もありましたが、最近は非常に御快適に見受けられ、講義を缺かされるやうのこともなく、全く御健康も御恢復なされたかと大いに安堵致し祝福もした次第でありました。然るに突如としてこの不幸を見、真に夢の如くでありまして、御一族の御心中も拝察され、痛惜の情愈々禁じ難いのであります。殊に我々と致しましては、今や東洋文化の再検討再建設の非常時局下にありましてこの東洋学の碩学を失ふのでありますから、惜別の情もまた二重三重に深かまさるを覚えるのであります。学園もまた学界も先生に期待するところ愈々多かつたのでありますが、誠に惜しみてもまた惜しみてもなほ惜しみ足らざるを覚えます。

先生に就いて特に思はれます一事は、その門下後進に対する愛情の誠に強烈であったといふことであります。私は菲才の身を以てこの数年間我が高等師範部の教務に職を奉じたものでありますが、先生から折々改まった御忠告や御注文を頂戴しました。而かもその内容は多く先生門下の前途に関する事柄でありました。先月中旬の某日にも一日わざわざ学校にお見えになりまして偶々私がさる遠隔の地に職を世話致しました一卒業生に就いて殆ど難詰せらるゝばかりに斯くの如き優秀の者を何故に東京を遠く去らせるのであるか東京に職をさがせといふのでありました。事情あつて私はこの一事に限つては少しく御無理の御忠告と感じたのでありますが、然しながら先生の門弟を愛せられる情熱に対しては真に感激措くことが出来なかつたのであります。

追憶致しますれば色々と感慨も湧くのでありますが、今は先生の逞しく偉大であった御一生の功績を仰ぎ偲び謹で英霊の御冥福を祈る次第であります。

昭和十三年四月八日　　　　　　　　　　　　　　早稲田大学高等師範部長　原田實

十、同時代人の回想

最初に諸橋轍次の思い出を掲げておく。

私が東京に来て、郷党出身の漢学者で最初に訪ねた人は、桂湖村（五十郎）と小柳柳々子（司気太）であった。湖村は親戚の関係であり、柳々子は従兄建部水城（遯吾）と特別の懇親があったからである。

湖村は世にも珍しい博覧強記の人である。こと漢学に関する限り、いかなる質問を持って行っても、我々程度の質問であれば即座に答えた。その著「漢籍解題」は、決して「四庫提要」を直訳するというような簡易なものではなく、必ず本人がその実物を読み、実物を批判して書いた、と言われておる。晩年又その増補訂正を考えておったが、まだ出版になったとは聞かないが、どうなったことかと思われる。すべてのことに見識が高く、目の肥えた人であった。陶器などについても、極めて高い鑑識を持ち、自分にも相当の蔵品があったし、又支那の宮廷に秘蔵しておったものについては、一々その図録などを取っておったことを聞いておる。作詩についても卓越した腕があったが、殊に詩評については、恐らくは当代第一の人であったかも知れない。鈴木豹軒（虎雄）の詩の大成したのは天分にもよるであろうが、多く湖村の指導によったものだ、と聞いておる。人柄は用意周到であり、慇懃であり、又言葉などは極めて謙遜な人ではあったが、標致する所は極めて高く、容易に人に許さない風があった。かつて、当年の詩壇を牛耳っておった国分青厓の詩について、私がその価値を尋ねた時に、湖村はただ「つづれの錦とでも言いましょうか」と言って笑っておった。そこで「では、明治以後の詩人で、いかなる人がありますか?」と尋ねた時に、「それは副島蒼海（種臣）である。蒼海は徳川時代を通じても、五指を屈するうちに数うべき人だ。もし詩を学ぶならば、蒼海の詩を熟読するがよい」と教えてくれた。私はその教えに従って「蒼海全集」を読んでみた。後年支那に遊んで、北京の詩人樊樊山（増祥）に尋ねたところ、やはり湖村と同一の批判を言われたことを覚えておる。
ただ私は、余りにも年齢も違い、又学問も相違があり過ぎたので、湖村の生前、たびたび訪問することもなく、その教えを得ることもなかったことを、今に遺憾に思っておる。今日、湖村の真のねうちを熟知しておる人は、恐らく豹軒にまさるものはないであろう。湖村もまた、豹軒の在ることを極めて力強く思っておった話しぶりをしたことがあった。このように、学問上については私は湖村を知るとは言えないが、ただ瑣事においても、極めて記憶の強大な人であった、ということに驚いておる。

私が雑司が谷の茅屋に住んでおった時、夜分湖村の訪問を受けた。こみちの又こみちをたどらなければ来られない、僻在の所であったのに、「よくも夜分おいでができました……」と尋ねたところ、「家においてちょっと地図を見て、途中その図を按じながら来て、ひとかども誤らず来たのだ」と語った。又かつて訪問を受けた時に、柯劭忞の書いた書幅を掲げておった。一見した湖村は、「明人の詩はとかく味わいが少ない」という批評があったので、「これは柯劭忞の作ではありませんか?」と問い正したところ、「いや、明のなにがしの詩である」と教えてくれた。あとから「明(みん)詩綜」をひもといて、始めてその言の誤りないことを知ったことがある。昔、荻生徂徠は「鼠の嫁取り」の「むこ」「よめ」の名前まで即座に答えた、というのでその博識が伝えられているが、湖村について、そんな感じを持っておる。

京都に鉄眼禅師という人がおった。愚庵と号す。この人は幼名は久五郎とかいって、一時侠客清水の次郎長の養子になったこともあるそうだが、なかなかの風骨のあった人らしい。湖村は愚庵とは極めて懇親の間で、ある時は庵寺(でら)に同居したこともあるそうだが、何かの問題で意見が合わなくなると、十日でも二十日でも、互いに口をきかなかったそうだ。それで、けんかをしておるかと思うと、互いに離れがたい心の結びつきを持っておったということである。このへんにおいても、湖村のある一面を見ることができるように思う。

湖村の次男が山で遭難した時に、訪問したことがあるが、その時湖村は失声慟哭した。ふだんの謹厳さと一致しない情味の深さを知ったのである。

これは「漢学界の回顧」と題し、諸橋が学界で出合った先学の人々の印象と思い出を綴ったものの一部（『諸橋轍次著作集』第十巻〈大修館書店　昭和五十二年刊〉所収）である。冒頭にあるごとく諸橋の家は祖父の代に桂家と縁続きになり親戚の関係ともなっている。

諸橋は明治十六年生まれで、湖村とは十四歳年下である。新潟県南蒲原郡の人。漢文学を修め東京高師・東京文理科大学教授。『諸橋大漢和辞典』の編者としてよく知られる。郷党の後輩として湖村には十分の畏敬の念を以て接している。

次に掲げるのは雑誌「漢詩春秋」第十六巻第六号（昭和七年六月刊）所収、錦江生の一文である。

訪問談叢　　錦江生

桂湖村先生

◎壬申の天長節に多年の渇望であった湖村先生をお尋ねした、池袋駅で武蔵野鉄道に乗り換へ、椎名町で下車し、長崎町へ這入つた、先生卜居の地である。幸に面会を得、初対面の挨拶を終り先づ先生の健康を御尋ねしたところ、右手の不自由は依然として治癒せぬが、何事も為さずして臥床ばかりで日を送るは宜くないと、医師の話もあるので、摂生旁〻青年の対手となって、早稲田に講席を持てゐると言はれ、予が郷貫を問はれたるに対し、生地は小石川なりと御答したれば、自分も以前小石川に住居してゐた。区画関繫で転宅せねばならぬことゝなりどうか村居をしたいと思つて、郊外で村の名の著く所を物色した、其頃この長崎ばかりが村名であったので、こゝに卜居することとし、愈々新築に取掛かると村は町に改つて、

東京長崎町時代の桂湖村家

自分の理想は裏切られてしまつた、人事は思ふやうにならぬものだと一笑せられた、漢詩評釈を公にせられた後の著述如何と御尋ねしたところ、詩の方では無く、学校からの委嘱で論語證解を作ることとなつた、生憎中途で病魔に祟られ、執筆が出来なくなり、已むを得ず、口授を筆記せしめ、漸く責を塞ぐことが出来たとて、其附録なる称謂義例を恵与せられた、其目の一端を挙れば、第一記編者の称謂として孔子を子と記す場合、夫子と記す場合、仲尼と記す場合、孔丘と記す場合の如く、門人の字を記す場合、姓字を記す場合、名を記す場合の如く、第二孔子語中の称謂として、姓名を称する場合、名を称する場合、官名を称する場合、古の聖賢を呼ぶ場合、国諡、姓諡、を称する場合の如く、第三孔門諸子語中の称謂等に分類され如何に研究が科学的精密であるかが推想せらる、これは著述の方で、講席

の課目は文選との事である、予が漢詩の前途に於ける運命観を質したるに対し遠き将来は予測するところではないが、今日の趨勢では作者の減衰は免がれまい、学生の意嚮も、他の科学的方面には邁進するが、漢詩に興味を持つものは尠いやうである。支那に於ても今日は詩を作る者が少なく、白話詩などといつて平仄も構はぬ妙なものが行はれてゐる、といはる、予がさらば将来は古典の一部といふやうなものにならうか、ラテン語のやうな地位となるべきかと言へば、さなり外国語でいへばアッシリア、バビロニア其他国は亡びても其国語は永久に存在するが如く、漢字の存在する限り詩も一部の学者には研究の対象物となつてゐるだらう、話題は一転して、我邦の歴史の其初めは漢文字を基礎として構成され、六国史、古事記のやうなもの、又万葉集も漢文字に連綴し、シカモ万葉の如きは唐音に由りたるものなれば、元来は唐音を解し得るものならでは万葉歌の真義は解し得られぬ訳である、又柿本人丸の長歌を読むについても、文選の三都賦、両京賦に熟し、其組立を知りたる者にして、始めて其長歌の構成が分かるものと思ふ、聖徳太子の作られた憲法にしても、文選に負ふところがある、自分はかういふ心持で学徒に講述してゐると言はる、これは予には初耳であつて、予て万葉研究の事も考へゐたから、他日機会があつたならば万葉集と文選と対読を試みたいことと思つた、予が清詩を嗜むといつたことと、古詩を研究すべき選本に就いて教を求めたるに対し、昔、大沼枕山先生が、全唐詩を読めば清詩を読むに及ばぬ、一の唐詩を以て二の詩に作つたものがあるなどといはれたがこれは尤もの事と思つた、併し自分に言はせれば何故一歩を進めて漢魏六朝に遡れと言はなかつたか、揚子江の下流から上ることとすれば、上流に行き著かぬうち、中途で止まつてしまう、寧ろ上流から下る研究をする方が宜いではないかと附加へられた、杜甫は清新庾開府、俊逸鮑参軍と歌つてゐると口占された、この時書庫から先生蔵架の八代詩選を持出され示されたれば一閲し、それがもと国分青厓翁の所蔵なるよしを聞き、巻中の批圏は先生が施したるものかと質問したるに、さなり三十年以前にもならんか自分読破の痕である、青厓翁は書籍の愛惜家にて書巻に批圏は施されぬ方であるといはれた、この他断片的の問答もあつたが、ここには略すこととする、病体の長者に対し、長坐の礼に非ざるを憚り、他日の再訪を約して辞去した。（文責筆者）

この雑誌は上村売剣の声教社から出されている。錦江生の特定はできていない。

十一、湖村の時代とその詩風

湖村は東京専門学校卒業前から国分青厓らに知られ陸羯南にも認められて、新聞「日本」で「文苑欄」にかかわり漢詩人として世に現れた。明治二十五年八月十二日、湖村が「送人之峡中」の詩を「文苑」に載せると、青厓は「気格之高近年希見、可謂七律上乗」と激賞した。同年末三十一日に、「歳晩感懐四律」を発表すると、森槐南は「仍為才人之気、斯尤難得」と推奨した。二十六年三月六日の「木風」三章を見て、矢土錦山は「雅頌遺韻」と言い、副島蒼海は「大作高亮、可歎可絃」と述べて錦山に同意した。弱冠にして諸大家の推挽を受けての華々しい登場ぶりである。明治二十九年十二月の「文苑欄」の選評への転身後は発表詩篇は稀となったが、代って選詩した大家・中堅・新進の人々の作品に「湖村小隠」の筆名で毎々行き届いた評語を加え、漢詩に対するその識見、鑑賞眼を披瀝している。

しかし、明治期における漢詩の流行は、一般に言われているように明治二十七・八年の日清戦争後に急激に衰えてゆく。それを示すように新聞「日本」における「文苑欄」の漢詩の登載回数も次第に減少し一時の活気を明らかに失ってゆくようだ。湖村自身も「日本」から離れ教育界に身を投じ、哲学館を経て早稲田の教壇に立つようになり研究に著述にと

副島蒼海

専念するようになった。

その間、湖村は漢詩に関しては吟社を結ばず、詩壇にも加入せず、作品を常時発表する場を持ってはいなかった。ただ漢詩の評釈は得意であり、それに関する著書も幸にして残っており、またその学殖と力量から他からの信望は高く、森鷗外をはじめ、その指導を親しく受ける一団の人々がいた。

詩風はいわゆる「漢魏六朝派」である。早くから副島蒼海の詩に傾倒し、蒼海を天下の第一人者として尊敬していた。今回の「詩集」に収められている「讀蒼海先生集、記感……」の七言古詩でも「蒼海先生天下傑手握霊蛇役天呉」と詠じている。

いわゆる漢魏六朝派は、副島蒼海を頂点にして国分青厓、本田種竹らで形成されていた。当時多くの漢詩人

たちが宋元明清の詩風に傾倒し、文芸としての漢詩を志向し同好の士の拡大を計っていたのに反し、蒼海らは意識して『詩経』の「諷喩精神」を尚び、単なる文芸の具としてばかりでなく経国済民、起俗慷慨の力強い詩を理想とした。字句も古語を多用するため古調であり難字・難語も少くない。

今回の詩集に則して言えば内容には社会批判の詩も目立つ。

「哀息嫣」「矇聾謠」の二首は「予、此の歌を作るや、旬余日を経て、国中騒然たり」とあり、新聞「日本」の評林欄に発表したものと思われ、社会問題を真正面から取扱っている。「貴穀」「農人行」「続農人行」は農村の困窮問題を対象とした鋭い詩である。また阮籍、陶淵明への共感を詠んでいるいくつかの詩は、超俗・脱俗の志向を吐露し六朝詩へ憧憬を示している。「阮歩兵」「八月辛卯、昼寝北窓、夢見陶徴君」などがそれである。また「慵歌」は陶淵明に共感していた白楽天を賛美したものである。

めずらしいものでは、幼時を追懐した「昔余年八九」があるので次に訓読して示しておく。

湖村宛鷗外書簡（鈴木義則氏蔵）

昔余年八九

昔余年八九　昔、余、年八九
循陔誦孝經　循陔孝経を誦す
披雪劚諼草　雪を披きて諼草を劚り
作殖侑膳馨　殖を作りて膳馨を侑む
考茹謂可樂　考茹して楽しむべしと謂ふ
錫余以嘉名　余に錫ふに嘉名を以てす
字余曰子孝　余に字して子孝と曰ひ
道余教儀刑　余を道くに儀刑を教ふ
考逝謇何怙　考逝きて謇何ぞ怙まむ
銜恤戀趨庭　恤れみを銜みて趨庭を恋ふ
令聞莫以顯　令聞以て顕はるる莫く
夙夜慚丁形　夙夜丁形に慚づ

「題下注」に「三冬方に勤勗、雪は前垌に飛んで遍し」とあり、頭注に「丁形」の出典を細説している。言うまでもなく詩形は五言古詩。古句古辞を多用し、『詩経』その他の故事を各所に踏まえていて短い詩ながら湖村詩の面目をよく伝えている。

なお、湖村の詩で一番よく知られているのは次の一首である。或は一首のみであったと言ってよいかも知れない。これは湖村の詩が本来世の嗜好に投ずることを志したものでなかったことにも依る。

送田辺碧堂遊禹域　田辺碧堂の禹域（うき）に遊ぶを送る
幽朔原平散馬群　幽朔原平（ゆうさくげんたい）らかにして馬群散ず
行人記此覆明軍　行人（こうじん）記す此に明軍覆（くつが）えるを
楡関日暮風沙起　楡関（ゆかん）日暮風沙起り
飛入盧龍作塞雲　飛びて盧龍（ろりゅう）に入りて塞雲（さいうん）と作（な）る

猪口篤志氏はこの一首を『日本漢詩鑑賞辞典』（角川小辞典、昭和五十五年七月刊）で、これは碧堂の「万里長城」に匹敵する名作であると言っている。明末の歴史に想を馳せ山海関一帯の風物に寄せる感慨を叙して感興余すところがない。

なお、碧堂の中国大陸への壮遊は大正十年のことであり、「将遊禹域書懐」として発表された七言絶句十首の連作があり、送別の詩は坂口五峰、久保天随、長尾雨山、国分青厓らによって作られ、湖村の詩も十四首の連作である。右に挙げたのはその第四首である。

今回の詩集は湖村生涯の一時期の詩を集めたものに過ぎず、湖村漢詩の全体を知るためには十分でない。失われた詩、未発見の詩がまだ多く存在しているとしなければならない。湖村は中風に罹って晩年不振であり、不本意な日常のなかで詩集を自撰して世に問うことなく終わってしまった。邸も戦災で失われ、文化財的価値の高かった蔵書も遺品も、蒐集していた厖大な陶器類もある事情で大半が散佚するに至っている。惜しみても余りあることである。

桂湖村略年譜

○明治元年（一八六八）一歳

十月十六日、新潟県中蒲原郡新津（現・新潟市秋葉区新津）の大庄屋桂家七代誉重（たかしげ）の弟誉祐（たかすけ）の五男として生まれる。誉祐は国学を鈴木重胤に、漢学を丹羽思亭に学んでいる。他に諸芸にも秀でていた。

湖村、名は五十郎、字は子孝、通称は祐孝（すけたか）。号は湖村のほか、雷庵、雷堂がある。

○明治十六年（一八八三）十六歳

四月、新潟県西蒲原郡粟生津村（現・燕市粟生津）の漢学塾長善館に赴き、塾主鈴木惕軒に就いて学ぶ。かたわら同地の小学校に教鞭を執り、惕軒の子虎雄（のちの京都大学教授鈴木豹軒）もその生徒として教えを受ける。

十月、家に帰る。その頃、葛塚（現・新潟市北区）の桂家に養子となり、葛塚桂家四代の春章の長女いくと結ばれる。

この頃、矢土錦山の批正を受け作詩に努める。

○明治二十一年（一八八八）二十一歳

上京して英語学校に入る。

○明治二十二年（一八八九）**二十二歳**

東京専門学校英語専修科に入学。天野為之、坪内逍遙、落合直文らに学ぶ一方、上野図書館に通って研究に努める。修業年限三年。

○明治二十四年（一八九一）**二十四歳**

同学の柳井絅斎（けいさい）、新田柑園（かんえん）らと青年詩文会を結成して文芸活動を始め、雑誌「早稲田文学」に投稿したほか、「青年文芸雑誌」を刊行する。雑誌は数号で廃刊。

○明治二十五年（一八九二）**二十五歳**

東京専門学校を卒業し、新聞「日本」に入社。陸羯南、国分青厓らの知遇を受け、「漢詩欄」ほかを担当。同時期入社の俳句欄担当正岡子規とも交りを結ぶ。

この頃、上野寛永寺の元光院に住み、囲碁を通じて院主黙隠と親しく交り、次第にここに集まった陸羯南周辺の人々と羯南の主唱により「長清会」を結成し、湖村が幹事となり規約も作った。

同年七月四日、新聞「日本」に「遊天王寺登浮図四十六韻」が掲載され、錦山、青厓の激賞を受ける。明治二十九年まで断続的に同紙上に作品を発表。

○明治二十九年（一八九六）**二十九歳**

十二月、「文苑欄」担当の中心だった本田種竹が退き、国分青厓と湖村とが主として後を継ぐことが「日本」で公告される。以後、湖村は作詩の発表に代えて、選詩と評語に専念する。用いた号は「湖村小隠」。

○明治三十年（一八九七）**三十歳**

井上圓了の依頼を受け、哲学館（現・東洋大学）で漢文講義を担当する。はじめ講師のち教授となり、大正七年まで勤務。

○明治三十一年（一八九八）**三十一歳**

十月、中国で「戊戌の政変」に失敗した康有為・梁啓超が東京に亡命、大隈重信の依頼を受けて両人らとの折衝に当る。

○明治三十五年（一九〇二）**三十五歳**

三月、早稲田大学に奉職。当時の住所は「本郷区駒込曙町十六番地」。哲学館には引き続き出講。大正十三年九月、高等師範部教授嘱任。昭和四年五月、文学部教授嘱任。

○明治三十八年（一九〇五）**三十八歳**

八月、明治書院より『漢籍解題』刊行。当時の住所は「小石川区林町百二番地」。

○明治四十三年（一九一〇）**四十三歳**

早稲田大学出版部より『歴代漢詩評釈』刊行。

○明治四十四年（一九一一）四十四歳

早稲田大学出版部から刊行中の『漢籍国字解全書』に『荀子国字解』以下、八書の執筆を担当する。

○昭和十二年（一九三七）七十歳

春、季子多助（東京帝国大学理学部学生）、信州の白馬岳に登山して遭難死。湖村に長篇の悼歌あり。

○昭和十三年（一九三八）七十一歳

四月三日、京都市の息女与年の婚家指宿氏宅にて死去。享年七十一。法名は「桂光院祐孝湖村大居士」。当時の東京の居宅住所は「長崎町千二百三十八」（現・豊島区長崎）。なお、晩年の病気は「風患」（現在の脳梗塞後遺症）。

附

壮年時に出講した学校には、他に目白中学・国学院大学（明治三十五年三月以降十五年間、教授として）がある。

湖村先生展墓の記

松本 征儀

上京以来四十年以上経っても、染井近辺を訪れる機会が一度もなかった。この好機に現地の資料などを参照しその歴史的背景を理解しておきたいと思った。

駒込・染井の地は江戸中期から明治中期にかけて、花卉と植木の一大産地であった。江戸の西北に位置し、日光御成り道や中山道に沿って街並みが発達して、藤堂家下屋敷や柳沢吉保別邸（六義園）などの大名屋敷もあった。こうした大名屋敷の庭園の手入れに、近在の農民が従事するうちに、次第に植木屋化していったと考えられている。江戸時代の切絵図に、「此辺染井村、植木屋多シ」と書き込まれているという。つつじや菊づくりを広めた園芸家達の集まる所であった。

「染井の植木屋たち」の見出しで、「染井よしの桜の里駒込協議会」編集・発行の『桜物語』に、次の記事がある。参考になるので、そのまま引用する。

万延元年（一八六〇）に来日したイギリスの植物学者ロバートフォーチュンは、上駒込染井の植木屋について、その著『江戸と北京』の中で次のように述べている。

（「染井村の壮観」部分）。「交互に樹々や庭、恰好よく刈り込んだ生垣がつづいている、公園のような景色に来たとき、随行の役人が染井村にやっと着いた、と報せた。そこの村全体が多くの苗樹園で網羅され、それらを連絡する一直線の道が、１マイル以上も続いている。私は世界のどこへ行っても、こんなに大規模に、売物の植物を栽培しているのを見たことがない。植木屋はそれぞれ、三、四エーカー（約四千坪）の地域を占め、鉢植えや路地植えの植物がよく管理されている。（後略）」

この文中の、「一直線の道」とは、ＪＲ駒込駅方面から染井霊園へ続く現在の「染井通り」を指している。ここでは、長年の植木屋達の活躍により、新たな品種が誕生する素地が形成されていたと言えよう。「名花一日にして成らず」で、長年の疑問が氷解した。そして、世界に冠たる日本の職人魂を憶ったことである。私は、長年、「染井よしの」は突然変異種かと思い込んでいたからである。名高い「ソメイヨシノ」は、幕末の江戸染井村（現在の豊島区駒込一帯）の植木屋伊藤政武が、大島桜（白い大輪）とエドヒガン（葉よりも先に密生した花をつける）の性質を、交配によって作り出し、「吉野桜」の名で売り出したが、本来の吉野山の山桜と区別するため、「染井よしの」と改めた。この桜は、自分の花粉で受粉できないので接ぎ木で増やされ、成長が速く、華やかな咲きっぷりで全国に広まっていった。現代なら、国民栄誉賞ものであろう。

この現代の染井霊園は、元々播州林田藩（兵庫県）建部(たけべ)家の抱屋敷跡地で、広さは約六万八千平方メートルあった。僧侶の山田文應(ぶんおう)の努力で、共同墓地として開かれ、明治七年九月一日、東京市に引き継がれ、昭和十年には、名称を染井霊園に改められ、宗教によらない公共墓地として今日に至っている。資料によれば、都営霊園の中では最も規模が小さいとされ（多磨霊園は確かに広い）、ほぼ平坦な地に桜の古木（勿論ソメイヨシノ）が点在しているとある。現地では、幹線道路がないことから、静寂な土地とされている。

平成二十八年三月十八日（金）に村山先生と駒込駅で午前十時半頃、落ち合って、前記「一直線の道」を辿り、染井霊園に向かった。道の途中に、「花咲か七軒町植木の里」の小さな石の碑文が建っていて、僅かに往時を偲ばせていた。霊園の入り口横には、財団法人東京都公園協会染井霊園事務所（豊島区駒込）があり、現場の管理を担当している。

ここでは、霊園案内地図や、霊園に眠る著名人の一覧資料などが得られるが、「桂湖村」の名は、資料の何処にも見当らなかった。そこで、湖村先生の墓地の場所を尋ねてみると、「著名人として、一覧表に公開済みの者は別として、名前だけでは分かりません。番号をご存知ですか」と聞かれた。染井霊園では、□種（ ）□号□側□番に依り、墓地の位置が配されている。例えば、後で見る陸羯南のそれは一種イ8号10側で特定される。そこで、不明と言うと、ご縁戚の方ですかとの問いが返ってきた。否と答えると、「個人情報であり、私的な調査には……」と、断られた。

やむを得ず、村山先生と筆者二人で、陸羯南の墓地辺りから、湖村先生の墓地調査を始めて、次第にグルグルと東西南北に調査範囲を広げていった。途中、あちこちで、村山先生ご存知の「著名人」の墓を見つけては、先生から、手短かにその人物のご説明を頂いたが、肝心な湖村先生の墓地にはなかなか行き当らない。

そこで、一旦、休憩を取った後、午後あらためて、調査範囲を広げて、探索を続行した。そのうち、疲れが出たのか、次第に霊園がやけに広く感じられ、方向感覚が少し鈍ってきて、結論から言うと、当日の調査は不満足な結果に終った。折角、村山先生の用意された、湖村先生へのお供え用花束は、陸氏と二葉亭の墓にお供えして、後日を期して帰途についた。

次の週の三月二十五日（金）に、村山先生と再度駒込駅で落合い、染井霊園に向かった。今度は、事前にご縁戚に湖村先生の墓地の場所を確認してあったので、容易に探し当てることができた。前回の「墓地標識記号」などは、管理上には便利そうだが、初めて訪ねる者や一般の訪問者から見ると、少し分かり難いのではと疑問を感じた。確認した桂家の墓地標識番号は、「一種ロ13号1側」であった。一旦分かれば、当事者にとっては何でもないことと思われた。村山先生は、早速、桂家のお墓に献花の上、礼拝された。

墓表には「桂家世壙」の大字が刻まれている。「桂氏代々之墓」の意である。次に記す墓側の文字と共に湖村友人中村不折別号環山のものであろう。墓側には、次の文字を記す。

桂氏七世、元住越後葛塚、祐孝遷居東京。昭和丙子春、季子多助、登信之白馬、遭難殞命。閲日八十、収其還骨。廼営此壙以葬、且自卜窆穸云。其歳七月一日祐孝誌、中村不折書。本名五十郎、昭和十三年四月三日没、享年七十一。法名　桂光院祐孝湖村大居士。

原石に句読はないが、わかり易く句読を付した。

湖村の季子東京帝国大学理学部在学中、山岳部員として白馬岳に登り、京大山岳部員一名と共に遭難死している。この墓は八十日後、その遺骨が戻った時を機に湖村によって造営されたものである。文中の「窆穸」とは墓所のことである。

なお、墓石裏面には湖村自撰の「題碣之辞」が次の如く誌されている。

讀書萬巻無所成　志存天下　慨焉終生　是何癡漢　埋骨斯塋。
昭和十三年四月三日　湖村桂祐孝自誌　環山　中村不折書

なお、鈴木豹軒『豹軒退休集』巻二には「桂湖村墓」と題し、次の七言絶句が収められている。

萬巻讀書無所成　是何癡漢葬斯塋
數言題碣何悲痛　反覆花飛春鳥鳴

染井霊園　桂家墓所

染井霊園は、勝林寺、蓮華寺、専修院などが境界を接しており、更に、慈眼寺と本妙寺の各霊園が存在し、前者には、芥川龍之介や谷崎潤一郎の墓地があり、後者には、遠山金四郎や千葉周作などが眠っている。

〔編者〕**村山吉廣**（むらやま・よしひろ）

昭和四年（一九二九）年、埼玉県春日部市生まれ。早稲田大学文学部卒業。同大学文学部教授。現在、名誉教授。日本詩経学会会長、日本中国学会顧問、公益財団法人斯文会参与。

著書

『名言の内側』（日本経済新聞社）、『中国の知嚢』（読売新聞社）、『中国の名詩鑑賞・清詩』（明治書院）、『論語名言集』（中公文庫）、『楊貴妃』（中公新書）、『評伝・中島敦』（中央公論新社）、『論語のことば』（斯文会）、『安積艮斎』（明徳出版社）、『忍藩儒　芳川波山の生涯と詩業』（明徳出版社）、『書を学ぶ人のための漢詩漢文入門』（二玄社）、『書を学ぶ人のための唐詩入門』（二玄社）、『詩経の鑑賞』（二玄社）、『亀田鵬斎碑文並びに序跋訳注集成』（筑波大学日本美術史研究室）、『漢学者はいかに生きたか―近代日本と漢学』（大修館書店）、『藩校―人を育てる伝統と風土―』（明治書院）、『玉振道人詩存』（共著、明徳出版社）、『艮斎文略訳注』（監修、明徳出版社）

注」を発表しておられる。志賀先生こと志賀哲太郎は熊本県益城町の人。国憲党員として佐々友房（克堂）らと行動を共にしていたが志を政治に絶ち、台湾に赴いて大甲公学校に職を奉じ、二十六年にわたり人々のために尽くした。住民たちからは父母の如く慕われ今なお村の守護神として祀られている人である。氏は現地で調査をしておられる。松本氏には今回の刊行の記念に都内染井霊園にある桂家の墓の「展墓の記」を執筆し本書に収めて頂いている。

本書の刊行には、斯学振興に絶大な理解をしておられる明徳出版社の佐久間保行氏に有り難い御厚意を頂いている。また、湖村遺族の鈴木義則・珠喜様御夫妻からは特志の御申し出があったと仄聞している。珠喜氏は湖村長男泰蔵氏の息女、義則氏はその御夫君である。

〔附記〕本書稿本題簽は「桂湖村先生詩集」である。しかし、本書は湖村漢詩の全書ではないので、表題を『湖村詩存』とした。なお、稿本は湖村の原詩稿を取り出して木版の原稿用紙にペン字で記したものであり、不鮮明なところもあり、後半、「辞」「賦」の類は句読も判然とせず草体で読み取り上問題もあった。もともと湖村は古風を旨としたので、難字を多用し典故も晦渋なものが少なくない。編者も編集の佐久間氏の助けを借りて正確を期したが、なお魯魚の誤りあるを恐れている。幸い復旦大学呉格教授に校正を流覧して頂く機を得、多くの部分において校字の御指摘あり深謝に堪えない。なお、先生は湖村詩について「詩風高古　自足加賛昭和詩人　無従致敬」の批語を寄せて下さっている。先生は『詩三家義集疏』點校（中華書局）、『全明文』點校（上海古籍出版社）ほか、古籍整理について絶大な業績を有する。

出ることがなかったが、昭和五十年に至って門人木下彪によって明治二十一年の作から没年前の昭和十八年のものまでが編年され、線装二冊となって明徳出版社を発売所として立派に刊行された。これに対し、本書はたまたま入手した大正年代の一時期の二百首前後の詩篇の公刊にすぎず湖村漢詩の全容を知るよすがとはいえない。しかし何事にも契機が大切であり、私はこの詩存公刊を契機として、やがて首尾の整った大冊の『湖村詩集』の刊行される日のあることを切願する。

なお、湖村については未だまとまった伝記もなく残念であったので、新たに稿を起して本書に「湖村の生涯と学績」という一文を載せることにした。この「湖村伝」の刊行については、これも何十年も昔に湖村息女の指宿氏、三田氏、丹藤氏から依頼があり、それが果たせぬまま三氏とも故人となってしまわれたので、ここにこの御三方の篤志に深く思いを致し、小文を草し終えたことをつつしんで御報告したい。

湖村の伝記については、かつて新津在住の帆刈喜久男氏が「桂湖村について」という三十六頁ほどの冊子を私家版で印行しておられる（表紙・奥付なし）。よく調べられた内容であり、地元の方ならではの資料もあり、種々参考にさせて頂いた。残念ながら氏はすでに故人になっておられると聞く。もし御健在であればお会いして教示を受けられたものをと悔やまれるばかりである。なお、伝記については私にも、『漢学者はいかに生きたか〈近代日本と漢学〉』（あじあブックス、大修館書店刊、平成十一年十二月）があり、その中で「桂湖村―早稲田漢学の栄え」を執筆している。これは指宿氏らに応える第一回目の湖村顕彰の試みであった。

今回の翻字に当っては、原文の打ち出しに付き松本征儀氏の御手数を煩わした。松本氏は桜美林大学大学院で地域文化を学ばれ、斯文会会員としてすでに「斯文」一二〇号（平成二十三年三月刊）に「志賀先生墓誌銘訳

後語

村山吉廣

　桂湖村は早稲田大学文学部での私の恩師大野實之助先生の恩師であり、私は時代を異にして面晤の機会を得ていないが孫弟子を以て自ら任じている。大野先生は李白研究の第一人者で、『李太白研究』『李太白詩歌全解』の大著があるが、その研究の着実周到なことは、到底、片々たる余人の追従できるものではない。私は先生に長く親しく接していたが、先生はつねに桂湖村を懐かしみ「他の先生方にくらべて先生は一番学究的な人だった」と心からの敬意を表しておられた。社会の動向や周囲の思惑など一顧だにせず黙々と研学の道を歩んでいる姿に感動しておられたのであろう。

　いつのことだったか、今から考えると何十年も昔のことであるが、ある日、先生が私に「湖村先生の詩集が松雲堂に出たのだが」と話されたことがあった。「すぐ買いましょう」と私が言っているうちに、一、二日して「あれはどこかに買われてしまった」という話になってしまった。返す返すも残念なことであったが、今回私が手がけることになったこの本が実はその時の「詩集」だったのではないだろうか。いま九十に垂(なんな)んとする老人にしてこの本の刊行に微力を注ぐことになったのは数奇なめぐり合わせというほかはない。

　刊行の目的は第一に湖村詩集の存在を世に知らしめることである。湖村の先進国分青厓の詩集も久しく世に

ISBN978-4-89619-949-9

湖村詩存

平成二十九年三月十日　初版印刷
平成二十九年三月二十日　初版発行

著者　桂湖村
編者　村山吉廣
発行者　小林眞智子
印刷所　㈱興学社
発行所　㈱明徳出版社
〒162-0801　東京都新宿区山吹町三五三
（本社・東京都杉並区南荻窪一−二五−三）
電話　〇三−三二六六−〇四〇一
振替　〇〇一九〇−七−五八六三四

本書編者の著書

MY古典 論語のことば
村山吉廣
B六判一七三頁
一三〇〇円
長い年月、人々に読みつがれた世界の古典「論語」。汲めども尽きぬその魅力と偉大な思想の本質を、日常の話題もとり入れながら紹介する四十話。論語の世界に旅する人々に絶好のガイドブック。

日本の思想家31 佐藤一斎・安積艮斎
中村安宏・村山吉廣
四六判二三九頁
二八〇〇円
その門に綺羅星のごとき多数の逸材を輩出した、昌平黌を代表する儒者、一斎・艮斎。劇的な運命により師弟関係を結んだ、両大儒の生涯・学問・交友関係を、新知見も織り込んで生き生きと描く。

忍藩儒 芳川波山の生涯と詩業
村山吉廣
B六判二五九頁
一五〇〇円
同じ山本北山門下の俊秀として大窪詩仏・梁川星巌等と並び称された芳川波山。流浪の末に忍藩儒に招かれ、同藩の文教に功績のあった彼の波瀾の生涯を描き、その平明達意の詩文を紹介する。

玉振道人詩存
村山吉廣・關根茂世
A五上製三二八頁
三〇〇〇円
中島竦（号は玉振）は作家・中島敦の伯父で、「蒙古通志」「書契淵源」等の貴重な業績を残した。生涯市井の学者で通した彼の人品を簡明な評伝と新発見の紀行漢詩の訳注をもって初めて紹介。

安積艮斎 艮斎文略 訳注
村山吉廣監修 安藤智重訳
A五判四〇七頁
五〇〇〇円
「辞は達するのみ」と艮斎はいうが、その文は格調高く明快で堂々としている。彼の文集「艮斎文略」所収の文四十二篇、及び「東省日録」「南遊雑記」の二紀行文の全てに詳細な訳注を施した完訳。

表示は本体価格